AUFERSTANDEN AUS DER DUNKELHEIT

Die Tochter und der Tod (Buch 1)
Die Geliebte und die Sünde (Buch 2)
Die Erbin von Bael (Buch 2.5)
Die Prinzessin von Bael (Buch 3)
Der Sohn und das Chaos (Buch 4)
Gefangene der Hölle (Buch 5)

»Wie fühlst du dich?«, fragte ich leise.

»Ich bin verärgert«, antwortete sie mit funkelnden blauen Augen.

Ich zog eine Augenbraue in die Höhe. »Du bist verärgert?«

»Ja.« Sie starrte mich an. »Ich bin nackt, Xai.«

»Das sehe ich, Evangeline.«

»Und du hast nicht vor, dahingehend etwas zu unternehmen?«

Ich verzog belustigt die Lippen. »Ich würde dir ja mein Hemd anbieten, aber ich trage keines.« Das schien in letzter Zeit meine bevorzugte Aufmachung zu sein – barfuß und mit nichts außer einer Jeans bekleidet. Es war merkwürdig, aber ich vermisste meine Anzüge nicht.

Sie kniff die Augen zu dünnen Schlitzen zusammen. »Du weißt, dass ich das nicht will.«

Ich neigte spielerisch den Kopf zur Seite. »Was willst du dann, Liebes?«

»In diesem Moment würde ich dich am liebsten umbringen.«

»Ein unterhaltsamer Vorschlag«, erwiderte ich. »Versuch es doch, vielleicht werde ich dich dafür belohnen.« Es würde als eine Art Vorspiel dienen, um ihre Stärke zu testen. Ich weigerte mich, sie wirklich zu nehmen, bis ich wusste, dass sie es aushalten würde.

Denn für gewöhnlich schliefen wir nicht einfach miteinander. Wir fickten, und zwar hart.

Ich verbreiterte meinen Stand und verhöhnte sie mit einem zweifelnden Blick.

Sie stieß daraufhin ein Knurren aus, das mir direkt in die Leistengegend fuhr. Das und ihr Mangel an Kleidung führten dazu, dass meine Hose sich plötzlich viel zu eng anfühlte.

»Willst du es dir etwa anders überlegen, Liebes?« Ich trat einen Schritt auf sie zu. »Hast du Angst, du könntest aus der Übung sein?«

DER SOHN UND DAS CHAOS

USA-TODAY-BESTSELLER-AUTORIN

LEXI C. FOSS

Englischer Originaltitel: »Son of Chaos: A Dark Paranormal Romance (Dark Provenance Series Book 2)«

Deutsche Übersetzung: Sandra Martin für Daniela Mansfield Translations 2021

Titelbild entworfen von: Manuela Serra

Herausgegeben von: Ninja Newt Publishing, LLC

eBook:

ISBN: 978-1-68530-026-5

Taschenbuch:

ISBN: 978-1-68530-027-2

Besuchen Sie Lexi im Netz!

www.lexicfoss.com

www.facebook.com/LexiCFoss

twitter.com/LexiCFoss

www.instagram.com/LexiCFoss

E-Mail: lexicfoss@gmail.com

Für meine Großmutter »Jo«, dafür dass du an mich geglaubt und mir geraten hast, meine Träume zu verfolgen. Du wirst für immer als mein Schutzengel in meinem Herzen wohnen <3

DER SOHN UND DAS CHAOS

AUFERSTANDEN AUS DER DUNKELHEIT
BUCH FÜNF

DER SOHN UND DAS CHAOS

Eine einfache Mission wird gefährlich, als die Tochter des Todes von einem alten Feind auf der Suche nach Rache entführt wird. Und nun ist es an mir, sie zu finden, und ich werde jeden töten, der sich mir in den Weg stellt.

Der Sohn des Chaos spielt keine Spielchen. Ich bin bewaffnet, ich bin stinksauer und ich will Evangeline zurück. Es ist an der Zeit, dass Himmel und Hölle den wahren Erzengel in mir kennenlernen.

Alle werden bezahlen.
Viele werden sterben.
Silber wird töten.

Und eine neue Macht wird sich aus den Schatten erheben…

Anmerkung von Xai

Ich bin in alledem nicht einmal annähernd so gut bewandert wie Evangeline.

Scheinbar muss ich Sie über das Konzept der Zeit aufklären, die zwischen den verschiedenen Dimensionen auf unterschiedliche Weise verläuft. Eigentlich ist es ganz einfach – ein Tag auf der Erde entspricht einem Jahr in der Hölle. Und ein Tag im Himmel kommt einem ganzen Jahr auf der Erde gleich.

Können wir jetzt fortfahren? Ich habe nämlich eine Verabredung mit Evangeline und sie hat mir versprochen, mich mit ihren Messern spielen zu lassen. Nun, das entspricht vielleicht nicht ganz der Wahrheit, aber ich werde dennoch mit ihren Klingen spielen und ich werde es genießen, wenn sie versucht, mich davon abzuhalten.

Bis bald, meine Lieben.
Xai

Xais Glossar

Die Auferstandenen aus der Dunkelheit: Eine Fraktion der Nephilim, die es sich zur Aufgabe gemacht haben, die Menschheit zu beschützen, wobei sie verdammt viel Hilfe ihrer Vorgesetzten benötigen. (Für den Fall, dass Sie die vorherigen Bücher nicht gelesen haben: Ich spreche von Engeln.) Evangeline liegen sie am Herzen, also sind sie mir ebenfalls wichtig.

Die Göttlichkeit: Kinder des Himmels und der Hölle, die zusammenarbeiten, um das Gleichgewicht aufrechtzuerhalten.

Halblinge: Sie werden geschaffen, wenn sich ein Dämon auf der Erde mit einem menschlichen Wesen paart. Sie sind äußerst selten, da sie häufig den Lakaien der Hölle zum Opfer fallen, die sie zum Spaß töten.

Nephilim: Sie werden gezeugt, wenn Engel sich auf der Erde mit Sterblichen paaren. Offenbar bin ich für eine ganze Armee von ihnen verantwortlich. Für weitere Einzelheiten lesen Sie oben unter der Definition zu den Auferstandenen aus der Dunkelheit nach.

Xais Dämonisches Wörterbuch

Königliche Garde: Verhüllte Dämonen, die zum Schutz

der Höllenfürsten abgestellt sind. Letztere müssen im Grunde nicht beschützt werden, die Garde dient vielmehr als hochtrabendes Statussymbol. Im Himmel existiert nichts, was der Garde gleichkäme, und das aus gutem Grund.

Schrubber: Hilfreiche Dämonen, die die Erinnerungen anderer auslöschen können.

Schattenwesen: Die Überreste ehemaliger dämonischer Wesen, die sich im Schattenreich von Leben ernähren.

Schleicher: Die Art von Dämonen, die Evangeline wegen ihrer schlangenähnlichen Körper und ihrer Vorliebe, Gift auszustoßen, am meisten hasst. Am besten tötet man sie, um sie glücklich zu machen.

Sukkubus: Weibliche Dämonen, die sexuelle Energie brauchen, um zu überleben, und zu diesem Zwecke häufig Sterbliche ficken.

Fährtensucher: Nützliche Dämonen, die in der Lage sind, Auren wahrzunehmen und aufzuspüren. Es ist immer gut, einen Fährtensucher zum Freund zu haben, es sei denn, sie machen Ärger. In diesem Fall ist es ratsam, den Fährtensucher zu töten und in Zukunft bei Bedarf einen Helfer anzuheuern.

KAPITEL 1

Die Hölle braucht Lakaien

»Das war schlampig.«

Ich schleuderte dem Mistkerl eine Klinge entgegen und fluchte, als er sie an der scharfen Kante auffing. Der dunkle Engel warf sie achtlos auf den Boden.

»Das ist einfach nur respektlos«, tadelte ich. Silber existierte auf der Erde nicht, daher war ein Messer wie dieses äußerst kostbar. Einen solchen Gegenstand warf man nicht einfach wie Abfall weg, sondern legte ihn behutsam beiseite.

Mein Gegner zuckte nur mit den Schultern. »Dann solltest du vielleicht an deiner Zielsicherheit arbeiten.«

Ich kniff die Augen zu dünnen Schlitzen zusammen. »Wenn du wolltest, dass ich dich bluten lasse, hättest du es nur sagen müssen.«

Xai lächelte nicht. »Hör auf zu flirten und greife mich ernsthaft an, Evangeline.«

Arrogantes Arschloch.

Ich ergriff zwei weitere Messer und umkreiste den großen, athletischen und sündhaft sexy Engel. Mit seinem durch und durch schwarzen Anzug verhöhnte er mich, denn damit gab er mir zu verstehen, dass er nicht glaubte, ich könnte seine teuren Kleider ruinieren.

Wie schade, dass ich ihm das Gegenteil beweisen musste.

Ich versuchte, ihm die Beine wegzutreten, doch er wich mit einem Sprung aus – genau wie ich es vorausgesehen hatte. Ich schwang meinen Dolch im perfekten Winkel aufwärts, um seinen Oberschenkel zu treffen, und grinste, als ich damit den Stoff seiner maßgeschneiderten Hose durchtrennte.

Triumphierend sprang ich zurück und stöhnte auf, als er mich mit der Handfläche in der Mitte der Brust traf. Mein Rücken prallte gegen den Beton, als ich unsanft auf dem Hintern landete.

»Scheiße«, keuchte ich, während Sterne vor meinen Augen tanzten.

»Wenn du schon meine Hose ruinierst, kannst du dir auch gleich die Oberschenkelarterie vornehmen«, schimpfte er. »Ich dachte, die Nephilim hätten dafür gesorgt, dass du deine Kampfkünste verbesserst, Liebes, nicht verschlechterst.«

»Fick dich«, brachte ich hervor, als er sich rittlings auf mich setzte.

»Oh, dazu werden wir später noch kommen«, versprach er und lächelte mich mit seinen tiefschwarzen Augen an.

Er nahm mir die Messer ab und legte sie beiseite, bevor er die Hände unter mein Hemd schob, um nach den beiden anderen Waffen zu tasten, die an meinen Rippen befestigt waren. Beim letzten Mal hatte er mir die Klingen nicht abgenommen und ich hatte eines seiner Lieblingshemden zerschnitten. Es schien, als wollte er diese Erfahrung nicht wiederholen.

»Du spielst nicht fair«, sagte ich, als sich die Flecke in meinem Blickfeld zu lichten begannen.

»Wo bliebe denn da der Spaß?«, fragte er, während er eine meiner Klingen in die Mitte meiner Brust gleiten ließ. »Außerdem hast du mich angewiesen, dich nicht zu schonen.«

Ich schnaubte. »Arschloch.«

»Wer von uns beiden ist jetzt respektlos?«, fragte er mit einem Grinsen. »Du hattest die perfekte Gelegenheit, mich ausbluten zu lassen, und hast stattdessen meine Hose ruiniert. Ich dagegen habe sofort zum entscheidenden Schlag ausgeholt, wie es jedes Wesen in meiner Position tun würde, wenn es der Tochter des Todes gegenübersteht.«

»Süßholzraspler«, murmelte ich belustigt. Denn er hatte recht. Dank meiner tödlichen Herkunft und meiner Vorliebe für scharfe Waffen war ich imstande, fast jeden in einem Kampf zu besiegen, doch Xai war mir fast immer überlegen. Während unserer langen gemeinsamen Vergangenheit hatte es zwar Momente gegeben, in denen es mir gelungen war, ihn zu schlagen, doch sie waren äußerst selten. Und ich würde es auch gar nicht anders haben wollen.

Xai drückte mir das Messer an die Kehle, bevor er sich hinunterbeugte und seine Lippen auf meine presste. »Ich glaube, die Nephilim könnten einen Ausbilder gebrauchen, der etwas unerbittlicher ist, Liebes.«

»Du würdest die Hälfte von ihnen töten.«

»Und sie würden sich wieder erholen. Zumindest theoretisch.« Er klang nicht sonderlich besorgt. Allerdings hatte ihm die Menschheit nie viel bedeutet, was er seinem Aufenthalt in dieser Dimension zu verdanken hatte, der nunmehr über zweitausend Jahre andauerte.

»Mietek sagte, dass wir hier sind, um sie anzuleiten, und nicht, um sie abzuschlachten«, erinnerte ich ihn.

Er setzte sich wieder auf, wobei er die Klinge weiterhin gegen meine Kehle presste. »Sie sind dazu bestimmt …« Xai ließ den Blick zu den Bäumen schweifen, die unser Haus umgaben, als eine elektrisierende Energie die Nachtluft durchzuckte.

Ein Dämon.

Nein, nicht irgendein Dämon.

Ein Erzdämon.

Xai stand auf und sah sich wachsam um. Ich erhob mich ebenfalls und stellte mich mit dem Rücken zu ihm, wobei ich die silbernen Klingen ergriff. Wir hatten uns dieses Anwesen wegen seiner hohen und abgeschiedenen Lage ausgesucht, was uns einen ultimativen Vorteil verschaffte, sollte ein unerwünschter Besucher versuchen, in unser Haus einzudringen.

Zu meiner Linken vernahm ich das Rascheln von Gewändern, als mehrere Mitglieder der Königlichen Garde erschienen. Das Emblem, das in ihre dunkelblauen Umhänge eingewoben war, wies darauf hin, dass sie zu Ashmedais Reich gehörten. Er materialisierte sich hinter ihnen, wobei sein weißblondes Haar im Mondlicht aufleuchtete. Sein wohlgeformter Oberkörper war nackt, denn er trug lediglich Badeshorts, die ihm tief auf der Hüfte saßen.

Xai war bereits umwerfend, doch Ashmedai entzog sich jeglicher Vernunft und übertraf mit seinem Aussehen jedes sterbliche Wesen. Verdammt, selbst ich wäre bei seinem Anblick am liebsten in Tränen ausgebrochen. Als er vorwärtsschritt, schienen sogar die Sterne auf eine bestimmte Art auf ihn herabzuscheinen.

»Es ist verdammt kalt hier oben«, sagte er und runzelte die Stirn. »Ich bevorzuge Miami.«

»Du kannst dich gern dorthin zurückziehen«, erwiderte ich lächelnd. »Wir haben nichts dagegen.«

Xai schnaubte und verschränkte die Arme. »Warum bist du hier, Ashmedai?«

»Du bist deinem Vater so ähnlich«, murmelte der Erzdämon. »Du willst auch immer gleich zum Geschäftlichen kommen und scherst dich nicht ums Vergnügen.« Er zog das letzte Wort in die Länge und leckte sich über die Lippen, als er mich anstarrte, wobei er keinerlei Zweifel an seinen Absichten ließ. Xai schluckte den Köder nicht, denn sein Selbstbewusstsein stand dem von Ashmedai in nichts nach, was verführerische Energien und Äußerlichkeiten betraf. Die geballte Arroganz der beiden war fast erdrückend.

Aber nur fast.

»Komm zur Sache, bevor sich noch andere zu uns gesellen«, sagte ich und ließ die silberne Klinge durch meine Finger gleiten. »Du weißt, dass du diese Dimension eigentlich nicht betreten darfst.«

Er zuckte mit den Schultern und steckte die Hände in die Taschen seiner Badeshorts. Die meisten Erzdämonen hüllten sich in zeremonielle Gewänder, doch Ashemdai hatte eine Vorliebe für lässige Kleidung. Er wirkte wie ein Surfer, der bereit war, sich in die Wellen zu stürzen. »Für mich ist der Aufstieg viel leichter als für sie der Abstieg.«

Ashmedai baute sich vor uns auf, wobei seine Aura eine machtvolle Energie verströmte. Die Königliche Garde hinter ihm diente nur zur Show. Erzdämonen konnten auch ohne Hilfe etwas zerstören und tauchten für gewöhnlich nie mit einer bewaffneten Garde auf. Und das bedeutete, dass Ashmedai wohl etwas von uns brauchte.

»Kalida ist entkommen«, murmelte er, als hätte er meine Gedanken gelesen. Verdammt, wahrscheinlich war er tatsächlich dazu in der Lage, weshalb es nicht nötig war, das Entsetzen, das diese drei Worte in mir ausgelöst hatten, in Worte zu fassen.

»Wie konnte es dazu kommen?«, wollte Xai wissen.

»Es ist ein Rätsel, welches ich noch immer versuche zu lösen.« Ashmedai zuckte bei den Worten mit den Schultern. »Im Moment ist es für mich jedoch wichtiger, sie zurückzuholen. Sie ist in diese Dimension geflohen und ihr beide werdet mir dabei helfen, sie zu finden.«

Er war so voller Zuversicht.

Doch es kam gar nicht infrage.

Ich hatte sie aufgespürt, nachdem sie versucht hatte, mir einen Mord anzuhängen, den ich nicht begangen hatte, nämlich ihren eigenen. Diese Erfahrung hatte mir für die Ewigkeit gereicht. Wenn die Dämonen sie hatten entkommen lassen, dann sollten sie sich doch des Problems annehmen und es nicht mir überlassen.

Ich schenkte Ashmedai ein betont höfliches Lächeln. »Wir sind dieses Wochenende bereits ausgebucht, aber danke für das Angebot.«

Ashmedai erwiderte mein Lächeln mit einem umwerfenden Grinsen. »Ich mag dich, Evangeline. Du stellst ständig die Autorität anderer infrage und glaubst tatsächlich, dass du eine Wahl hättest.«

»Und ich mag dich auch, Ash. Du erteilst ständig Befehle und glaubst tatsächlich, ich würde sofort gehorchen. Das ist so niedlich.«

Als die Königliche Garde den Spitznamen und meinen süffisanten Tonfall hörte, sträubten sich die Wachen. Ashmedai amüsierte sich dagegen nur noch mehr. »Kalida ist vor siebenundzwanzig Erdenstunden geflohen und ich habe ihren Aufenthaltsort auf diese Region eingegrenzt. Das sollte ein guter Anfang sein, aber ich würde vorschlagen, ihr hört auf, mit mir zu hadern, und beginnt endlich mit der Suche nach ihr.«

»Du scheinst mich missverstanden zu haben. Als ich dir gesagt habe, dass wir ausgebucht sind, habe ich deine Bitte damit zurückweisen wollen.«

»Du meinst meinen Befehl«, entgegnete er.

»Nein, deine Bitte«, wiederholte ich. »Hör zu, ich habe sie das letzte Mal eingefangen und du hast sie verloren. Für diesen Mist musst du schon selbst geradestehen.«

Er schenkte mir einen überheblichen Blick und zog eine Augenbraue in die Höhe. »Nicht einmal, wenn ich dir anbiete, sie töten zu dürfen?«

Ich schnaubte. »Als würde ich eine meiner Klingen mit ihrem Blut besudeln.« Ich hatte vor zwei Jahrzehnten die Gelegenheit, sie zu töten, und hatte sie schon damals nicht ergriffen. Warum sollte ich jetzt meine Meinung ändern?

»Was ist mit deinen kostbaren Menschen?«, fragte Ashmedai gedehnt. »Denk doch nur daran, wie viel Schaden sie als ausgehungerter Sukkubus anrichten könnte …«

»Du willst mir Schuldgefühle einreden, Ash? Das ist aber enttäuschend.«

Er verzog die Lippen zu einem Lächeln. »Du brauchst also noch einen Anreiz?«

»Ein Anreiz würde voraussetzen, dass ich ein Interesse hege, doch das ist nicht der Fall. Warum lässt du sie nicht von einem deiner dämonischen Lakaien aufspüren?« Ich hatte Besseres zu tun, wie zum Beispiel eine Armee von Nephilim auszubilden, um das Gleichgewicht auf der Erde aufrechtzuerhalten.

»Er hat sonst niemanden, der ihm dabei helfen könnte«, murmelte Xai, dessen tiefschwarze Augen voller uraltem Wissen aufleuchteten. »Ihre Aura ist wieder verschwunden, nicht wahr?«

Ashmedai starrte ihn nur an, doch sein Schweigen war Antwort genug.

Xai schmunzelte. »Solange sie keine Aura hat, gibt es nur wenige, die fähig wären, Kalida aufzuspüren, und du musst zuerst dein Verräterproblem in der Hölle lösen, bevor du dich voll und ganz auf die Jagd nach ihr machen kannst. Deshalb bist du hier.«

Ashmedai zuckte nur mit den Schultern, wobei er die Anschuldigung weder bestätigte noch dementierte.

»Ich verstehe immer noch nicht, warum das mein Problem ist«, warf ich ein. Die Hölle musste lernen, ihresgleichen unter Kontrolle zu halten, ohne sich jedes Mal auf die gefallenen Engel zu verlassen. Ich war nicht umsonst im Ruhestand.

Ashmedai kräuselte die Lippen und ein finsteres Glühen funkelte in seinen violetten Augen auf, das mir einen Schauer über den Rücken jagte. »Ich dachte mir schon, dass du das so siehst, Evangeline.« Die Worte trugen nicht dazu bei, mich zu beruhigen, ebenso wenig wie das Schnippen seiner Finger. »Also habe ich etwas mitgebracht, um dich zu motivieren und das Problem zu deinem zu machen, wie du es so wortgewandt ausgedrückt hast.«

Eine Portalhüterin tauchte plötzlich vor uns auf. Sie hatte die Arme um eine mit Jeans und Pullover bekleidete Frau mit dichten braunen Locken gelegt. Sie hatte die haselnussbraunen Augen zu dünnen Schlitzen verengt und starrte Ashmedai wütend an, während ihre Flüche nur gedämpft hörbar waren, da ihre vollen Lippen geknebelt waren.

Trudy …

Oh, verdammt.

Ich festigte den Griff um meine Klingen. »Ich schlage vor, du lässt sie gehen, Ash, bevor ich dich dazu zwingen muss.« Er mochte ein Erzdämon sein, aber dieser Nephilim gehörte zu mir. Ich wollte einen Schritt vortreten, doch meine Füße schienen am Boden zu haften. *Verdammte Telekinese.* Gab es irgendwelche Kräfte, über die dieser Erzdämon nicht verfügte?

Ashmedai lachte. »Aber, aber, ich verspreche, sie gut zu behandeln. Ich wollte dir nur einen Grund geben, mit mir zusammenzuarbeiten, und ich denke, das ist mir hiermit gelungen, nicht wahr?« Er warf einen Blick auf die sich windende Frau und verzog belustigt das Gesicht. »Als meine Berater mir erzählt haben, dass du diese Frau unter deine Fittiche genommen hast, hatte ich meine Zweifel. Warum würde dir ein Nephilim am Herzen liegen? Vielleicht werde ich die Antwort auf diese Frage ja während ihrer Gefangenschaft in meinem Reich in Erfahrung bringen.«

»Sie ist ein Kind, Ashmedai.« Xai klang und wirkte viel ruhiger, als es der Situation angemessen war. Ich wusste jedoch, dass es nur eine Fassade war. Xai war am gefährlichsten, wenn er Desinteresse vortäuschte.

»Ein Kind?« Der Erzdämon musterte die wütende Frau mit übermäßigem Interesse. »Mit diesen Kurven? Hm, das würde ich nicht sagen.« Er wandte sich langsam wieder mir zu und blickte mich mit seinen violetten Augen an. »Evangeline, du spürst Kalida auf und bringst sie zu mir – vorzugsweise lebendig, aber das ist nicht zwingend erforderlich. Im Gegenzug werde ich dir deinen Schützling zurückgeben. Einverstanden?«

»Einverstanden?«, wiederholte ich ungläubig, wobei mir die Wut deutlich anzuhören war. »Du bist wohl lebensmüde.« Trudy war nicht nur mein Schützling, sondern auch die Lieblingsschülerin meines Vaters. »Dafür wird Azrael dir den Kopf abreißen.«

Ashmedai grinste. »Nur wenn er mich in der Hölle findet, Schätzchen. Viel Spaß bei der Jagd.«

Er verschwand schlagartig, einschließlich Trudy und seiner gesamten Garde.

Ich starrte ihnen hinterher, während meine Beine sich langsam wieder daran erinnerten, wie sie zu funktionieren hatten. »Fick dich.«

Xai lachte leise und ließ die Hand auf mein Kreuz gleiten. »Ich würde dich gern beim Wort nehmen, Liebling, doch mir scheint, wir müssen einen Dämon aufspüren.«

»Vielleicht werde ich sie töten«, knurrte ich und bezog mich damit auf Kalida. »Sei es auch nur, um ihm Unannehmlichkeiten zu bereiten.« Und Ashmedai würde ich wahrscheinlich ebenfalls abstechen, und zwar mit einer Silberklinge.

»Die Show würde ich sicher genießen.«

»Ich meine es ernst.« Ich drehte mich zu ihm um. »Und dieser Erzdämon täte gut daran, Trudy nichts zuleide zu tun.«

»Er hat keinen Grund, ihr etwas anzutun, Liebes. Er braucht sie als Druckmittel.«

»Sie ist immer noch ein Nephilim, Xai.« Die Hölle ging nicht gerade zimperlich mit himmlischen Wesen um.

Er streichelte meine Wange und durchbohrte mich fast mit seinem Blick. »Du musst darauf vertrauen, dass sie auf sich selbst aufpassen kann, Evangeline. Sie hat von den Besten gelernt.«

Von meinem Vater.

Von mir.

Xai.

Sie könnte nicht besser vorbereitet sein. »Woher wusste Ashmedai überhaupt von ihr?«

»Wie wissen Dämonen überhaupt etwas?«, entgegnete er. »Es wird ihr nichts zustoßen, Schatz. Wir werden uns darauf konzentrieren, Kalida zu finden, sie zu foltern und zu töten, und dann wird Trudy im Handumdrehen wieder bei uns sein.« Er legte den Arm um meine Taille und zog mich zu sich. »Sollen wir jetzt der Waffenkammer einen Besuch abstatten?«

Ich seufzte und lehnte meinen Kopf an seine Schulter. »Du betörst mich immer mit den lieblichsten Worten.«

Er drückte mir einen Kuss auf die Stirn. »Oh, und Gleason hat außerdem etwas von neuen Spielzeugen erwähnt.«

»Und jetzt versuchst du nur, mich zu verführen«, erwiderte ich, wobei ich das Lächeln nicht unterdrücken konnte, das meine Stimme erhellte.

Xais dunkle Energie umhüllte mich, liebkoste meine Haut und brachte mein Blut in Wallung. »Aber immer doch.«

Ich legte den Kopf schief und blickte in seine mitternachtsschwarzen Augen. »Hast du Lust, mit mir einen abtrünnigen Dämon zu jagen?«

»Das weißt du doch.«

»Es wird wahrscheinlich blutig werden.«

»Umso besser, Liebes.«

Ich lächelte. Ich wusste, dass ich ihn liebte. »Dann lass uns spielen.«

Denn Kalida war gerade zum Tode verurteilt worden.

Und zwar von mir.

KAPITEL 2

Willst du mit mir Dämonen abschlachten? Aber sicher!

Ich balancierte die silberne Klinge in meiner Handfläche. Sie hatte das perfekte Gewicht. »Ich glaube, ich bin in Gleason verliebt«, gestand ich, während ich den Blick auf die Gravur meiner Initialen gerichtet hatte.

»Das ist eine Schande, denn jetzt muss ich ihn töten.« Xai reichte mir ein Paar silberdurchwirkte hochhackige Schuhe und beäugte dabei meine Beine. »Die werden gut zu einem Kleid passen.«

Ich schnaubte. »Es wundert mich nicht, dass du das vorschlägst.«

»Eigentlich wollte ich vorschlagen, sie nackt anzuprobieren, aber wir sind nicht allein.« Er sah zur Tür, als unsere dämonischen Verbündeten eintrafen. Einer von ihnen lächelte, der andere nicht.

»Warum bin ich hier, wenn sie schon wieder keine Aura aufweist?«, fragte der mürrische Fährtensucher namens Tax.

»Weil wir dich vielleicht brauchen, um einige ihrer

früheren Partner aufzuspüren«, antwortete Xai, während er eine Halskette an meinem Arm hinaufgleiten ließ. »Die würde gut zu den Schuhen passen.«

»Nackt?«, fragte ich und hob mein blondes Haar an.

»Ja.« Er befestigte geschickt den Verschluss, bevor er sich wieder seinen Freunden zuwandte. »Wir haben bereits eine Liste erstellt. Geht sie durch und sagt mir, wo sie sich befinden.« Er deutete mit dem Kinn auf das Blatt Papier auf dem Tisch.

Tax starrte ihn nur an. »Sehe ich für dich etwa wie ein Hund aus?«

Ich legte den Kopf schief. »Du hast die Spürnase eines Jagdhunds.«

Xai grinste und reichte mir eine weitere Schmuckschachtel. »Das ist von mir.« Er ließ den Blick zurück zu Tax wandern. »Warum hast du dich noch nicht an die Arbeit gemacht?«

»Ich hasse euch beide«, murmelte der Fährtensucher, als er nach der Liste griff.

Remy lehnte sich mit der Hüfte gegen den Tisch und musterte die tödlichen Spielzeuge darauf. »Der Anblick jagt mir einen Schauer über den Rücken.«

Silber war das Kryptonit der Dämonen, deshalb war es meine bevorzugte Waffe und der Grund, warum die Unterwelt die Substanz vor mehreren Jahrtausenden von der Erde verbannt hatte. Ich dankte dem Himmel für Gleason, der Chemiker und von dem Metall wie besessen war. Der Nephilim hatte eine Reihe von Silbergegenständen nur für mich hergestellt, außerdem hatte er für die Auferstandenen aus der Dunkelheit Kugeln und für Xai ein paar Sonderbestellungen angefertigt.

Ich nahm die Schachtel, die er mir gerade gegeben hatte, und öffnete sie. Ich schnappte nach Luft. Darin lag ein wunderschöner Saphir, der von Diamanten umgeben war und auf einem Ring aus schillerndem Gelbgold prangte. Es war nicht das Metall, das ich üblicherweise am Körper trug, doch ich vermutete, dass genau das der Sinn der Sache war.

»Der Stein passt zu der Farbe deiner Augen, wenn du in der Stimmung bist, jemanden zu töten«, sagte er und zog den Ring aus der Schachtel. »Und wenn du ihn hier anschiebst, erscheint eine winzige Spritze mit genügend Silber, um einen Dämon außer Gefecht zu setzen.« Er steckte mir den Ring an den Finger und führte dann meine Hand an seine Lippen. »Wunderschön.«

»Xai …«

Remy räusperte sich und stieß sich vom Tisch ab, wobei er murmelte: »Ich vermisse fast die sadistische Version von ihr.«

»Willkommen im Klub«, brummte Tax und wühlte in den Papieren.

Ich ignorierte sie und stellte mich auf die Zehenspitzen, um meinem dunklen Engel gebührend zu danken. »Du kennst mich einfach zu gut«, flüsterte ich an seinem Mund.

»Es wurde auch Zeit, dass du das erkennst.« Er umfasste meinen Hintern und drückte mich an sich. »Küss mich.«

»So fordernd.«

»Sofort, Evangeline.«

Ich lächelte und strich sanft mit meinen Lippen über die seinen. Er ließ die Hand meinen Rücken hinauf zu meinem Haar gleiten und verwob die Finger darin.

»Scherzkeks«, knurrte er und küsste mich auf eine Art, mit der er mich bestrafen wollte. So mochte ich es am liebsten. Der Kuss war hart, heiß und ganz und gar Xai.

Mm. Ich erwiderte seine Leidenschaft, indem ich meine Zunge mit seiner tanzen ließ, während er mich in jeder Hinsicht beherrschte. Nur ein Mann konnte mich auf diese Weise züchtigen, denn jeder andere wäre dem Tode geweiht, doch dieses Wesen hatte meine Unterwerfung verdient.

Dennoch konnte ich nicht umhin, ihn zurechtzuweisen, indem ich ihm ein Messer gegen den Bauch presste.

»Wir haben zu tun«, erinnerte ich ihn und ließ die Klinge an seinem Hemd entlanggleiten. Ich übte gerade so viel Druck aus, um meinen Worten Nachdruck zu verleihen, ohne jedoch seine teure Kleidung zu zerschneiden.

Er packte mein Handgelenk und drehte mich um, sodass ich mit dem Rücken zu ihm stand, dann schlang er die Arme um mich. »Dann solltest du aufhören, mit mir zu flirten, Evangeline.« Er hauchte die Worte in mein Ohr, während er seine Erektion fest an meinen Hintern presste.

Unersättlich.

»Du hast damit angefangen.«

»Und du hast es beendet«, flüsterte er mit finsterer Stimme. »Du weißt, wie sehr ich deine Vorliebe für Messer bewundere.«

»Wenn ihr beide endlich fertig seid, würde ich euch einen Ort nennen, der von euch von Interesse sein könnte«, unterbrach Tax den intimen Moment.

Xai hielt mich weiterhin fest, als er fragte: »Welchen Ort?«

»Ratet mal.« Der Tracker warf uns einen vielsagenden Blick zu. »Ratet mal.«

»Miami«, antworteten wir beide im Chor. Dorthin hatten wir sie vor zwanzig Jahren verfolgt, nachdem sie ihren Tod vorgetäuscht hatte und verschwunden war.

»So dumm kann sie doch nicht sein«, fügte ich hinzu. »Oder etwa doch?«

»Ich habe ihre Aura dort nicht aufgespürt, nur die von Geiers ehemaligem Ōrdinātum Sharon. Vielleicht ist es nur ein Zufall, aber es lohnt sich sicher, dem nachzugehen.«

Remy sprang auf und ließ den Nacken kreisen. »Zum Strand?«, fragte er und wackelte mit seinen dunklen Augenbrauen. »Lasst uns gehen. Ich stehe auf Frauen in Bikinis.«

»Dort würden wir sie nach dem letzten Mal sicher nicht erwarten«, sagte Xai gedehnt.

Ich schnaubte. »Weil es zu offensichtlich ist.« Kalida hatte von Miami aus operiert, als sie versucht hatte, einen himmlischen Krieg anzuzetteln. Es war Selbstmord, dorthin zurückzukehren.

»Doch das macht es auch zu einem idealen Versteck.« Xai legte das Kinn auf meine Schulter, während er die Arme noch immer fest um meinen Körper geschlungen hatte. »Niemand würde erwarten, dass sie derart töricht ist.«

»Wir reden hier von Kalida.« Sie hatte versucht, mir ihren eigenen Mord anzuhängen, indem sie eine rostige alte Klinge mit meinen Initialen am Tatort zurückgelassen hatte. Sie war nicht gerade eine Leuchte unter den Dämonen. »Aber wir könnten immerhin in Erfahrung bringen, was Sharon weiß.«

Xai nickte. »Ein vernünftiger Ansatzpunkt. Außerdem könnten wir nach Kalidas alten Kontakten suchen, wenn wir schon einmal dort sind.«

»Allerdings sind viele von ihnen nicht mehr am Leben, da es über zwei Jahrzehnte her ist«, warf Tax ein. »Aber warum nicht.«

Richtig. Die Zeitverschiebung. Diese ganze Sache

darüber, dass ein Tag im Himmel einem ganzen Jahr auf der Erde glich, war zuweilen wirklich verwirrend. Was für Xai und mich ein kleiner Ausflug nach Hause gewesen war, hatte sich hier auf über zwei Jahrzehnte ausgeweitet und alles und jeden um uns herum verändert.

Was mich auf den Gedanken bringt … »Es ist der letzte Ort, an dem Kalida sich aufgehalten hat, bevor sie zu mehreren Jahrtausenden in Ashmedais Reich verurteilt wurde.« Da die Hölle in umgekehrter Richtung funktionierte und ein Tag auf der Erde einem Jahr in der Unterwelt entsprach, käme es ihr wie eine sehr viel längere Zeitspanne vor. »Vielleicht ist sie tatsächlich nach Miami zurückgekehrt.«

»Es ist einen Versuch wert«, stimmte Xai zu und ließ mich los. »Schnapp dir all die Waffen, die du brauchst, Liebes. Ich werde uns ein Hotelzimmer reservieren.«

* * *

Meine Absätze gaben auf dem Marmorboden ein klackerndes Geräusch von sich, als ich in der Eingangshalle des Hotels langsam im Kreis ging.

Das digitale Zeitalter hatte dem Kundenservice wirklich einen Strich durch die Rechnung gemacht. Es gab keine Rezeption mehr, sondern nur noch Kabinen, in denen die Gäste alles Nötige auswählen konnten. Xai hatte nur elektronisch bezahlen müssen, bevor ihm ein elektronischer Schlüssel geschickt worden war, der die Tür zu unserer Suite öffnete. Nachdem wir unser Gepäck verstaut hatten – was ein automatisierter Dienst versucht hatte, für uns zu erledigen –, gingen wir in unserer Abendgarderobe wieder nach unten.

»Keine erzwungenen Interaktionen mit Menschen?«, sinnierte er. »Das gefällt mir.«

Ich presste die Lippen aufeinander, während ich das Für und Wider abwog. »Es ist ein wenig steril.«

»Und dennoch so viel angenehmer.« Er streckte mir den Ellbogen entgegen. »Wollen wir, Liebling?«

»Ein Kavalier?« Ich hakte mich bei ihm ein. »Wer sind Sie und was haben Sie mit meinem Xai angestellt?«

»Er wartet oben in der Suite auf dich.« Er beugte sich vor und führte die Lippen an mein Ohr. »Darf ich vorschlagen, dass wir diese Mission beenden, bevor er seinen Hang zum Exhibitionismus auslebt? Das Kleid würde nämlich viel besser aussehen, wenn es bis zu deinen Hüften hinaufgezogen wäre, Liebling.«

Ein wohlig warmes Gefühl breitete sich in meinem Unterleib aus, als ich ihn ansah, um seinem glühenden Blick zu begegnen. »Wäre jetzt ein guter Zeitpunkt, dir mitzuteilen, dass ich unter diesem sehr kurzen Kleid nichts anderes trage als zwei winzige silberne Klingen?«

Sein Knurren fuhr mir direkt in den Unterleib und schürte das dort brodelnde Feuer. »Du hast Glück, dass wir noch etwas vorhaben.«

»Vielleicht wäre *Unglück* der bessere Ausdruck«, antwortete ich kokett.

Er biss mich so fest ins Ohr, dass es blutete, dann leckte er über die Wunde. »Vorsichtig, Evangeline.«

»Kommt gar nicht infrage, Xai.« Wo wäre da der Spaß geblieben?

Sein tiefes Lachen vibrierte auf meiner Haut. »Nur gut, dass du bewaffnet bist, Liebes. Du wirst die Messer später noch brauchen.«

»Versprochen?«

Er liebkoste meinen Nacken. »Ja. Und jetzt lass uns gehen, bevor ich dich gleich hier in der Empfangshalle ficke.« Er zog mich geradewegs auf Tax zu, der in einem komplett schwarzen Anzug auf uns wartete, der Xais

Outfit in nichts nachstand. Mein tiefrotes Kleid würde das Blut genauso gut verbergen und hob sich wunderbar von meiner Alabasterhaut ab, wodurch es eine bessere Wahl war als das kleine Schwarze.

»Sharon ist in einem Tanzklub, etwa eineinhalb Kilometer von hier entfernt.« Mit diesen Worten drehte Tax sich um und führte uns zu einem eleganten zweitürigen Wagen. Sie hoben sich an und gaben den Blick auf den luxuriösen Innenraum frei. Er warf Xai den Schlüssel zu, nannte eine Adresse und ging davon, vermutlich um irgendwo von Remy teleportiert zu werden.

»Warum darfst du fahren?«

Xai grinste, als er auf den Beifahrersitz zeigte. »Steig ein, Evangeline.«

Ich kniff die Augen zu dünnen Schlitzen zusammen. »Es hat fast den Anschein, als wolltest du, dass ich dich ersteche.«

»Das ist nur das Vorspiel, Liebes.«

»Es sei denn, ich mache dich mit einem gut platzierten Schwung meiner Klinge unbrauchbar.« Ich warf ihm einen Luftkuss zu und stieg in den Wagen, wobei der Rock meines Kleids hochrutschte und meine Oberschenkel entblößte.

Er verzog die Lippen zu einem Lächeln. »Ich würde wagen …«

Ein Schuss brachte ihn zum Schweigen.

Ich sprang gerade noch rechtzeitig aus dem Wagen, um ihn aufzufangen, als er zur Seite kippte, wobei ein dünnes Rinnsal Blut aus der Wunde zwischen seinen Augen floss. »Xai!«

Er fiel reglos in meine Arme, als ich auf den Beton sank und Schreie die Luft um uns herum durchdrangen. Ich nahm sie kaum wahr, denn meine Aufmerksamkeit galt dem bewusstlosen Mann in meinen Armen.

Eine viel zu frische Erinnerung blühte in mir wieder auf. Damals hatte ich geglaubt, ich hätte ihn für immer verloren, und sein vermeintlicher Tod war immer noch in meinem Herzen eingebrannt.

Nicht schon wieder.

Ich weigerte mich, ihn zu verlieren.

Es geht ihm gut.

Ich konnte es nicht glauben.

Wie konnte das geschehen?

Wie? Warum? Wer war dafür verantwortlich?

Die Realität drohte mich zu erdrücken und schlug meine Seele entzwei …

Reiß dich zusammen, Evangeline.

Es war noch zu früh. Ich hatte ihn gerade erst zurückgeholt, hatte gerade erst eingewilligt, endlich die Seine zu sein. Nach so vielen Jahrtausenden, in denen ich auf eine gemeinsame Zukunft hingearbeitet hatte, weigerte ich mich, dieses Schicksal zu akzeptieren. Ich wollte nicht einmal die Möglichkeit dessen anerkennen.

Nur eine Kugel.

Konzentriere dich!

Ich schloss die Augen und zwang meinen Verstand, sich über mein Herz hinwegzusetzen. Ich schluckte meine Angst hinunter. Ich wusste, dass es ihm gut gehen würde. Er würde wieder aufwachen. Es brauchte mehr als eine Waffe, um unseresgleichen zu töten. Selbst wenn die Kugel aus Silber wäre, würde er überleben.

Es geht ihm gut.

Aber die Sekunde, die ich brauchte, um mich zu sammeln, war zu viel.

Ein Anfängerfehler, den ich meinen Emotionen zu verdanken hatte, obwohl das Wissen um mein Geburtsrecht und die Erfahrung meines langen Lebens mich hätten leiten sollen.

Ich hätte es besser wissen müssen.

Zu spät.

Ich spürte den Lauf einer Waffe an meiner Schläfe.

Ein grausames Lachen drang mir in die Ohren.

»Viel zu vorhersehbar«, knurrte jemand.

Und alles um mich herum wurde schwarz.

KAPITEL 3

Verdammt, das ist gar nicht gut

Schwefel.

Brennendes Fleisch.

Die Gerüche waren mir bekannt, doch es waren die wahnhaften Empfindungen, die mir bewusst machten, wo ich mich befand. Mein Magen krampfte sich von dem Unrecht, das mich umgab, zusammen, und mein Verstand zerbrach unter dem Gewicht der Verderbtheit.

Engel gehörten nicht hierher.

Nicht einmal gefallene Engel.

Xai, flüsterte meine Seele und sehnte sich durch unser himmlisches Band hindurch nach seiner Stärke. *Er ist zu weit entfernt.* Ich konnte ihm hier nicht genügend Energie entziehen, ich bekam nur das Allernötigste, um bei Bewusstsein zu bleiben. Ohne meine Verbindung zu ihm würde ich in eine bewusstlose Starre verfallen, was mich vermuten ließ, dass ich mich bereits viel länger als je zuvor in der Hölle befand.

Hatte ich länger als gewöhnlich gebraucht, um mich von der Schusswunde an meinem Schädel zu erholen?

Weil ich in der Hölle war? War ich erschossen oder nur geschlagen worden?

So viele Fragen.

Zu wenige Antworten.

»Ich glaube, sie wacht auf«, verkündete eine schroffe Stimme.

Oh, du bist ein schlauer Kerl, dachte ich. *Das hast du wirklich gut gemacht.*

»Gut«, antwortete eine noch rauere Stimme. Sie klang kehlig und weiblich und war mir ganz und gar nicht vertraut.

Wen hatte ich dieses Mal verärgert, um diesen kleinen Ausflug in die Hölle zu rechtfertigen? Die Liste meiner Feinde war endlos, wenn man bedachte, wie viele Leben ich im Laufe der Jahrtausende genommen hatte. Das hatte mein Job mit sich gebracht. Aus irgendeinem Grund haben sie immer mir die Schuld dafür gegeben, dass ich ihre Freunde töten musste. Wenn sie sich wie artige kleine Dämonen benommen hätten, dann wäre meine Arbeit hinfällig gewesen. Aber nein, sie alle hatten auf der Erde Chaos anrichten müssen und hatten dadurch meine Strafe auf sich gezogen.

Verdammte Dämonen. Sie wollten nie die Verantwortung für ihre eigenen Fehler übernehmen.

Ich hätte geseufzt, wenn meine Lunge der Bewegung gefolgt wäre. Zudem wurde ich von dichtem Rauch umgeben, während mir der Gestank der Folter in die Nase stieg.

Ja, es würde wehtun, zumal ich kaum atmen, geschweige denn kämpfen konnte.

Ich nahm meine gefesselten Hände und Füße wahr und spürte die heiße Luft, die meinen entblößten Oberkörper berührte, und den Metallstuhl unter meinem nackten Hintern.

Nackt und in der Hölle. Es war zwar nicht mein glanzvollster Moment, aber ich hatte schon Schlimmeres überlebt.

Ich musste einen Fluch unterdrücken, als mir jemand mit der flachen Hand ins Gesicht schlug.

»Oh ja, sie ist wach.«

Er versetzte mir eine weitere Ohrfeige und ich sah mit finsterem Blick zu seinem verschwommenen Gesicht auf. Ich brachte zwar keinen Ton heraus, da meine Stimmbänder von der Atmosphäre der Hölle lahmgelegt waren, doch ich tat mein Bestes, um meine Missstimmung mithilfe meiner Augen zum Ausdruck zu bringen.

»Da ist sie ja«, sagte die schroffe Stimme. Er klang wie ein Volltrottel, also gab ich ihm diesen Spitznamen.

»Wurde auch Zeit«, murmelte sein Gegenüber mit heiserer Stimme.

Und hiermit gebe ich dir den Namen Arschgesicht.

Wunderbar. Jetzt, da sie Namen hatten, konnten sie sterben. Sobald ich einen Weg gefunden hatte, um mich wieder bewegen zu können.

Mein Kopf wurde ruckartig zurückgezogen und ich starrte in einen verschwommenen Klecks. Ich konnte lediglich blasse Haut und möglicherweise dunkles Haar erkennen. Ich war mir nicht sicher. Es schien nur ein großer unordentlicher Fleck eines humanoiden Dämons zu sein. Auch als ich blinzelte, konnte ich ihn nicht besser sehen.

»Oh nein, ich will, dass du ganz und gar wach bist.« Arschgesicht ließ seinen verbitterten Worten einen weiteren Schlag in mein Gesicht folgen. »Wach auf, Eve.«

Sicher. Binde mich einfach los und ich schlage sogar zurück.

Ein eisiger Schock durchzuckte mich, als einer von ihnen mir einen Eimer kaltes Wasser über den Kopf und meine nackte Haut kippte.

Verdammt!

Das war schlicht und ergreifend unangebracht.

Kurz darauf folgte ein weiterer Eimer und jagte mir einen Schauer über den Rücken. Und beim dritten Eimer war meine Sicht klar genug, um mich auf den Toten Mann Nummer Eins zu konzentrieren, den ich Volltrottel getauft hatte. Er hatte die Lippen zu einem zufriedenen Grinsen verzogen und seine haselnussbraunen Augen strahlten vor Stolz, weil er den armen gefallenen Engel mit Wasser übergossen hatte.

Irgendetwas an ihm kam mir bekannt vor. War es die Mähne aus dunklen Locken? Die geschmeidige und gleichzeitig athletische Statur? Die hübschen Gesichtszüge?

Hm. Ich konnte ihn weder einordnen, noch war ich in der Lage, sein dämonisches Erbe zu identifizieren. *Wie seltsam.*

»Sie ist jetzt wach«, verkündete er.

»Und stinksauer«, fügte ich hinzu. »Gut gemacht.« Ich würde ihn zuerst töten, nachdem ich mich befreit hatte.

Das Wasser hatte auch eine positive Eigenschaft, denn mir wurde klar, dass ich in nicht annähernd so schlechter Verfassung war, wie ich geglaubt hatte. Xais Essenz durchströmte meine Seele und verlieh mir die Fähigkeit, viel besser zu funktionieren, als es die meisten in meiner Situation getan hätten.

Das bedeutet, er ist zweifellos am Leben.

Nicht dass ich etwas anderes erwartet hätte, abgesehen von diesem einen Moment der Schwäche, der mich hatte zweifeln lassen. Verdammte Erinnerungen.

Das Scharren eines Stuhls, der über steinigen Untergrund gezogen wurde, drang an meine Ohren. »Wow, das ist ein schreckliches Geräusch.« Ich zuckte zusammen, als es lauter wurde, bis Arschgesicht vor mir stand. Den Kurven nach zu urteilen war es eine Frau, deren Gesicht von unzähligen Narben entstellt war, die jeden Zentimeter ihrer entblößten Haut bedeckten.

Sie drehte den Stuhl um, setzte sich mit gespreizten Beinen darauf und verschränkte die in Leder gehüllten Arme auf der Lehne, während sie mit den behandschuhten Händen einen Rhythmus vor sich hin klopfte. »Eve.«

Ich blickte in ihre dunklen Augen, in denen ein Hauch von Erkennen aufflackerte. »Kalida?«, fragte ich und war schockiert von ihrer grässlichen Erscheinung. »Du siehst ja furchtbar aus.«

Sie verzog den Mund, doch ich konnte nicht sagen, ob sie eine Grimasse schnitt oder lächelte. »Das kommt davon, wenn man lange genug gefoltert wird. Man hört auf zu heilen.«

»Hm.« Ich betrachtete ihre zerstörte Haut und die silbernen Strähnen in ihrem schwarzen Haar. »Der Look steht dir.« Und nach allem, was sie getan hatte, hatte sie ihn verdient.

Sie verzog erneut den Mund. »Ich bin sehr froh, dass du so denkst, Eve.« Sie trommelte weiter mit den Fingern und legte den Kopf schief. »Ich kann mich an alles erinnern.«

Ich wartete darauf, dass sie fortfuhr, doch sie schwieg. »Meinen Glückwunsch?« Ich erinnerte mich auch an eine Menge. Zum Beispiel, dass sie Dämonen auf die Erde geschmuggelt hatte, um ihren Vater zu entthronen und ihn durch Geier, den ehemaligen Dämonischen Lord von Nordamerika, zu ersetzen. Es war für sie nicht sonderlich gut gelaufen, wofür ihr Gesicht der beste Beweis war.

»An alles«, wiederholte sie. »Wie sie mich immer und immer wieder bei lebendigem Leib gehäutet haben. Manchmal haben sie mein Fleisch verbrannt. Manchmal haben sie zugelassen, dass Ghuls sich an mir labten, nur um zu sehen, wie ich mich danach regenerierte. Dabei war ich stets bei Bewusstsein und immer lebendig. Ich habe nichts davon vergessen.«

Sie trommelte weiter unaufhörlich mit den Fingern. Sie war eindeutig nicht mehr ganz bei Sinnen. Die Art, wie sie den Blick nach oben, nach unten, zur Seite wandern ließ …

»Sie wollten, dass ich bei Bewusstsein war, Eve. Damit ich fühlte. So viele Experimente. Schließlich wurde dies mein Dauerzustand.« Sie deutete auf ihr Gesicht. »Es hat eine Weile gedauert, aber wie du weißt, vergeht die Zeit in der Hölle nur langsam.« Wieder legte sie den Kopf schief und wirkte diesmal noch unheimlicher als zuvor. Sie schien wahnsinnig zu sein.

»Was glaubst du, wie viele Erdenstunden noch vergehen werden, bis Xai geheilt ist?«, fragte sie mit sanfter Stimme. »Vierundzwanzig? Achtundvierzig? Du hast fast hundert Höllenstunden gebraucht, was nicht einmal einer Erdenstunde entspricht. Denk nur an all die Zeit, die wir zusammen verbringen können, während er sich erholt.« Sie beugte sich zu mir vor. »Und er wird noch viel länger brauchen, um dich zu finden. Deshalb bleiben uns noch viele Jahre, hoffentlich Jahrzehnte, in denen ich einige meiner quälendsten Erinnerungen wiederaufleben lassen kann. Und zwar an dir.«

Ich starrte sie unbeeindruckt an und wartete darauf, dass sie fortfuhr. Wenn sie glaubte, ich würde weinen oder sie anflehen, dann hatte sie sich die falsche Frau ausgesucht. Und was sollte dieser ganze Mist darüber, dass Xai mich erst finden musste? Als würde ich nur auf ihn warten. Immerhin war ich die Tochter des Todes und nicht irgendein hilfloses Mädchen.

»Evangeline scheint mich nicht zu verstehen, Grant. Könntest du mir eine Klinge holen?«

Ich warf einen Blick auf den mir vertrauten Mann, der zu dem Namen gehörte. Ich konnte ihn immer noch nicht einordnen. Er verließ den Raum mit schwungvollem Schritt, wobei seine maßgeschneiderte Hose und sein seidengewebter Pullover von Wohlstand zeugten.

Woher kenne ich dich, Grant?

Und was für eine Art Dämon bist du?

»Davon habe ich mehrere Jahrtausende lang geträumt«, sagte Kalida. »Ich will dich langsam in Stücke reißen, um zu sehen, wie du dich erholst, um dann von vorn zu beginnen. Ich will diese makellose Haut für immer vernarben und meine Initialen in dein Gesicht ätzen, damit Xai jedes Mal an mich denken muss, wenn er dich ansieht, ich will dich verbrennen …«

»Ich würde dich an dieser Stelle gern unterbrechen und dir sagen, dass du wahrscheinlich psychologische Hilfe brauchst, K. Es scheint, als würdest du eine Menge aufgestaute Wut gegen die falsche Person richten, während du vielleicht lieber in den Spiegel schauen solltest.« Ich schüttelte spöttisch den Kopf. »Nun, wenn ich es mir recht überlege, ist das vielleicht doch keine so gute Idee. Du könntest ihn zerbrechen.«

Ihre Faust traf meinen Kiefer und ich hatte Sternchen vor Augen

Ich lachte belustigt. »Du hast recht, K. Wir werden all die Jahre brauchen, die du hier unten verweilen kannst.« Als sie mir einen weiteren Kinnhaken verpasste, musste ich noch mehr lachen. Nicht weil es mir Spaß machte, geschlagen zu werden, sondern weil es sie provozierte, und mit jedem Hieb hatte ich die Gelegenheit, meine Fesseln zu testen.

Als Grant zurückkam, hatte Kalida mich bereits fünfmal geschlagen, sodass meine Lippe blutete und mein Gesicht schmerzte.

Er beobachtete, wie die warme Flüssigkeit an meinem Kinn hinunterrann und auf meine Brust tropfte, wobei seine Augen feurig funkelten. »Im Bikini siehst du besser aus.«

Ich hielt inne und hörte auf, die Fesseln um mein Handgelenk zu prüfen, und blickte in seine haselnussbraunen Augen.

Bikini? Sollte das ein Hinweis darauf sein, warum er mir bekannt vorkam, oder war es nur eine beiläufige Bemerkung?

»Wer bist du?« Nein, das war nicht die richtige Frage. Es spielte keine Rolle, wer er war. »*Was* bist du?«, fragte ich erneut. Er war eindeutig kein Mensch, doch ich konnte auch nichts Dämonisches an ihm spüren.

Er verzog die Lippen zu einem Lächeln. »Hast du etwa Probleme, meine Aura wahrzunehmen, Baby?«

In diesem Moment dämmerte es mir. Er war das fehlende Teil des Puzzles, das wir bei Kalida nie wirklich hatten finden können. Ich hatte nicht mehr darüber nachgedacht, nachdem wir sie gefangen hatten, und hatte angenommen, dass die Dämonen es aufklären würden, aber niemand hatte es je wieder erwähnt. »Du bist dafür verantwortlich, dass Kalidas Aura verschwunden ist.« Ich hatte zwar keine Ahnung, *wie* es möglich war, aber das Funkeln in seinem Blick bestätigte mir, dass ich mit meiner Vermutung richtiglag.

Er verbeugte sich übertrieben. »Zu Euren Diensten.«

»Wie?«

»Bist du wirklich so blind?«, fragte Kalida, deren Stimme immer noch heiser klang.

Sie ist sogar innerlich vernarbt, stellte ich fest. *Autsch.*

»Man hat mir gesagt, dass euresgleichen mich nicht wahrnehmen kann, was sich bewiesen hat, als mich vor ein paar Jahrzehnten niemand von euch verfolgt hat.«

Grant lächelte. »Eine der wenigen Gaben meines Geburtsrechts.«

»Du bist kein Halbling«, sagte ich und musterte ihn. Selbst ein Halbdämon hätte eine Aura. Allerdings hatten Engel … *Oh.* Ich riss die Augen auf. »Ein Nephilim?«

»Meinen Glückwunsch!« Er klatschte tatsächlich vor Aufregung. Volltrottel war eindeutig der bessere Name für ihn. Ich wollte die Augen verdrehen, aber ich war zu sehr damit beschäftigt, die Stirn zu runzeln.

Ein Nephilim. In der Hölle.

Unmöglich.

Xai war das einzige mir bekannte himmlische Wesen, welches hier unten überleben konnte, und das auch nur, weil er der Sohn des Chaos war. Unsere miteinander verbundenen Seelen und seine Essenz hielten mich hier bei Bewusstsein, doch meine Unfähigkeit, diese verdammten Handschellen zu lösen, war ein Beweis dafür, wie sehr die Hölle mich schwächte.

Es ist nur Metall. Ich sollte in der Lage sein, sie zu zerschmettern, aber ich konnte kaum meine Arme bewegen, geschweige denn sie auseinanderreißen.

Das ist gar nicht gut.

»Würdest du sie gern belohnen, Schätzchen?« Grant reichte Kalida ein scharfes Instrument, das mehr oder weniger einer Rasierklinge ähnelte.

»Warum?«, fragte ich, wobei ich den vernarbten Sukkubus ignorierte und mich auf das Kind des Himmels konzentrierte.

»Warum was, Baby?«

Ich knirschte mit den Zähnen, als ich diesen dämlichen Spitznamen hörte. Er könnte wenigstens etwas einfallsreicher sein. Immerhin nannte ich ihn Volltrottel. Ich unterdrückte den Drang, seinen Mangel an Kreativität zu tadeln, und fragte: »Warum bist du hier unten?«

»Ah, das ist eine Frage für die Auferstandenen aus der Dunkelheit, die dir so sehr am Herzen liegen«, antwortete er. »Leider glaube ich kaum, dass du Gelegenheit haben wirst, sie ihnen zu stellen. Wie enttäuschend für dich.«

Ich spürte die Metallklinge an meinem Oberschenkel, als er mir damit ins Fleisch schnitt und mir ohne Vorwarnung ein Stück Haut vom Körper riss. Verdammt, es tat weh, doch ich zog nicht einmal eine Grimasse, da ich ihr die Genugtuung nicht geben wollte. Als Tochter des Todes war der Schmerz ein alter Bekannter, und sie musste sich schon etwas Besseres einfallen lassen, um mir eine Reaktion zu entlocken.

»Ihr habt beide euren verdammten Verstand verloren«, sagte ich, wobei ich viel ruhiger klang als meine innere Stimme, die in meinem Kopf tobte.

Kalida riss einen weiteren Streifen meiner Haut ab und warf ihn auf den Haufen auf dem Boden, woraufhin sie ein wahnsinniges Lachen ausstieß. »Bereite den Operationssaal vor, Grant.«

»Hast du etwa vor, dir selbst ein neues Gesicht zu verpassen?«, fragte ich mit süßlichem Tonfall, während ich weiterhin versuchte, das Metall um meine Handgelenke zu lösen.

Warum kann ich keine Schwäche finden? Vielleicht, wenn sie mich bewegen … Scheiße! Sie ließ die Rasierklinge über meine Brust gleiten und erwischte dabei meine … Ich wollte nicht daran denken. Ich war nicht einmal in der Lage, nach unten zu blicken.

Also gut.

Nein, so funktionierte es nicht.

Ich brauchte einen neuen Plan.

Ich musste etwas finden, womit ich sie ablenken und am Reden halten konnte, ich musste die Fesseln aufbrechen …

Ich hatte das Gefühl, in Flammen zu stehen, als Kalida begann, mit der Klinge wiederholt die Haut an meinem Bauch zu zerschneiden. Ich vergrub die Fingernägel in meinen Handflächen und presste die Lippen aufeinander, während ich verzweifelt versuchte, einen Schrei zu unterdrücken.

Ich weigerte mich, ihr diese Befriedigung zu verschaffen.

Kalida kicherte und verzog den Mund zu einem furchterregenden Lächeln. Sie ließ die Klinge rasend schnell immer wieder über meine Haut gleiten und schlitzte mich nur zum Vergnügen auf.

»Du bist ein sadistisches Miststück«, knurrte ich.

Vielleicht hatte ich sie zuvor meiner Klinge nicht als würdig erachtet.

Doch ich hatte meine Meinung geändert und war mir mittlerweile verdammt sicher.

Elektrizität durchdrang die Luft, als Grant mit einer Knochensäge wieder auftauchte. »Hier, vergnüge dich eine Weile damit, während ich den anderen Raum vorbereite.«

Sie stand auf und gab ihm einen leidenschaftlichen Kuss auf den Mund, den er viel zu gierig erwiderte. Offenbar taten sie das häufiger.

Das ist gar nicht schön.

Genauso wenig wie der Blick, den sie mir zuwarf, als sie sich mit dem sehr scharfen chirurgischen Spielzeug in der rechten Hand wieder mir zuwandte.

Oh scheiße.

»Jetzt können wir anfangen«, sagte sie und senkte das kreisende Sägeblatt ab, um es über meinem Brustbein schweben zu lassen. »Versuche bitte, bei Bewusstsein zu bleiben, sonst müssen wir von vorn anfangen.«

»Gib mir alles, Kalida.«

Sie verzog die Lippen erneut zu einem grausamen Lächeln. »Ich dachte schon, du würdest nie fragen.«

KAPITEL 4

Ich werde dich finden, Evangeline

Ich schnappte mir ein Kissen und zog es über den Kopf, um das ständige Klingeln auszublenden. Es wollte einfach nicht aufhören und ging mir gehörig auf die Nerven. Evangeline hatte mich während unseres Sparrings wohl hart erwischt. Ich wäre stolz darauf gewesen, wenn sie mir dadurch nicht derart üble Kopfschmerzen bereitet hätte.

Allerdings würde es Spaß machen, mich bei ihr zu revanchieren.

»Xai.« Die Stimme war nicht die, die ich zu hören gehofft hatte, also ignorierte ich sie. Remy würde sich wieder verziehen, wenn ihm klar wurde, dass ich keine Lust zum Plaudern hatte. Für gewöhnlich unterhielt ich mich gern mit dem Portalhüter, doch er hätte wirklich zuerst anrufen müssen.

»Xai«, wiederholte er, wobei er mich diesmal an der Schulter packte und rüttelte.

Offensichtlich war ich nicht deutlich genug gewesen. »Verpiss dich.«

Wo ist Evangeline? Ich hätte fast erwartet, dass sie ein

Messer nach ihm warf, weil er uns im Schlafzimmer gestört hatte.

Bei dem Gedanken runzelte ich die Stirn und zog das Kissen von meinem Gesicht, um mich im Raum umzusehen.

Alles war weiß.

Baumwolle, kein Satin.

Mit einem Balkon mit Blick auf den Strand.

Ich setzte mich auf. »Was zum Teufel soll das?«

»Er ist wach!«, brüllte Remy, woraufhin ich zusammenzuckte und ein Kissen nach ihm warf.

»Verdammt noch mal, geht das auch etwas leiser?«

»Ich soll leise sein?«, fragte er ungläubig. »Ist das dein Ernst? Jemand schießt dir in den Kopf und entführt Evangeline, und du willst, dass ich die Klappe halte? Natürlich. Gib mir einfach Bescheid, wenn ich wieder sprechen darf.«

Ich blinzelte, als Tax mit einem elektronischen Gerät in der einen und einem Kaffee in der anderen Hand ins Zimmer kam. Er stellte die Tasse auf dem Nachttisch ab, ohne mich anzusehen, und konzentrierte sich auf den Bildschirm.

»Jemand hat auf mich geschossen«, sagte ich langsam, während ich versuchte, mich zu erinnern. Evangeline in einem Kleid. Die Empfangshalle des Hotels. Alles andere war verschwommen. »Hast du gesagt, jemand hat sie entführt?«

»Ja.« Tax schien die Informationen durchzublättern, während er sprach. »Und der Ring, den dein Nephilim gefertigt hat? Der, durch den ich ihre Aura spüren konnte? Nichts.«

Ich befühlte die empfindliche Stelle zwischen meinen Augen. »Wie bitte?«

»Sie ist verschwunden.« Er machte eine abwinkende Handbewegung und sagte: »Puff. Einfach weg.«

Remy lehnte sich an die Wand auf der gegenüberliegenden Seite des Bettes und verschränkte die Arme vor der Brust. »Wir haben in den letzten drei Tagen versucht, sie zu finden, während du dich erholt hast.«

Ich zog die Augenbrauen in die Höhe. »Drei Tage?« Wegen einer Schusswunde?

Tax löste endlich den Blick vom Bildschirm und sah mich an. »Die Kugel, die sie dir ins Gehirn gejagt haben, war von der Sorte, die das Blut vergiftet. Remy musste Lord Zebulon um Hilfe bitten.«

»Ja, stellt euch meine Überraschung vor, als ich erfuhr, dass ihr alle nach meiner Tochter sucht, die für mich längst gestorben ist«, sagte eine dunkle Stimme aus Richtung Tür. Der Dämonische Lord von Nordamerika schlenderte mit einem für ihn typischen Maßanzug bekleidet in den Raum. »Schön, dass du wach bist, Xai. Oh, und gern geschehen.«

Verdammt. Jetzt schuldete ich Zebulon einen Gefallen, und das war gar nicht gut, vor allem, da er ein Dämonischer Lord war. Trotzdem bedankte ich mich bei ihm, da es durchaus angebracht war. »Erzählt mir, was passiert ist.«

»Jemand hat dir in den Kopf geschossen«, sagte Remy äußerst hilfreich.

»Es war dieser Kerl«, knurrte Tax und drehte den Bildschirm in meine Richtung, um mir ein Überwachungsbild von einem Mann mit dunklem Haar zu zeigen.

Ich runzelte die Stirn. »Ich habe keine Ahnung, wer das ist.«

»Hatten wir auch nicht.« Tax tippte auf eine Schaltfläche, die ein Dokument öffnete, dann reichte er mir das Gerät, damit ich es selbst lesen konnte. »Aber jetzt wissen wir es. Oder wir kennen zumindest seinen Decknamen.«

Ich überflog die Details und stellte fest, dass die Unterlagen über zwanzig Jahre alt waren. Grant McDowell, ein Kleinkrimineller, der in Miami operiert hatte. Er war zwar nicht vorbestraft, hatte jedoch einer ganzen Reihe von Mitgliedern des Verbrechersyndikats unterstützend zur Seite gestanden. Der Akte waren weitere Fotos sowie eine Liste mit bekannten Komplizen und mehreren mir vertrauten Namen beigefügt. Ich öffnete noch einmal das Bild des Überwachungsvideos und vergrößerte sein Gesicht.

»Sieh dir das nächste Bild an«, sagte Tax.

Ich rief es auf und stieß ein Knurren aus. »Er war an dem Tag mit Streator am Schwimmbecken.« Ich hatte ihn nicht erkannt, denn damals hatte ich mich lediglich auf Evangeline und unsere Zielperson konzentriert. »Wie ist das möglich? Er ist nicht einen Tag gealtert.«

Tax fuhr sich mit den Fingern durch sein zerzaustes blondes Haar. Er sollte sich wirklich eine andere Frisur zulegen. »Ja, daran arbeiten wir noch. Er ist weder Mensch noch Dämon.«

»So viel wissen wir bereits«, stellte Zebulon klar. »Es wäre möglich, dass er aus einem anderen Territorium oder sogar aus den Reichen stammt, aber das ist fraglich.«

»Hast du Ashmedai das Bild gezeigt?« Ich rollte mich aus dem Bett, wobei ich den Kopfschmerz ignorierte. Wir hatten viel zu tun und nur wenig Zeit. »Und hast du irgendeinen Hinweis darauf, wohin er Evangeline gebracht haben könnte?«

»Ich muss beide deiner Fragen mit nein beantworten«, erwiderte Remy. »Nachdem Grant auf dich geschossen hatte – übrigens aus nächster Nähe –, ist Eve aus dem

Wagen gesprungen und in gewisser Weise erstarrt. Er hat den Moment genutzt und auch auf sie geschossen. Dann ist ein Wagen ohne Kennzeichen mit getönten Scheiben vorgefahren und er ist mit Eve verschwunden.«

Ich nahm die Bemerkung über einen Komplizen zur Kenntnis, konzentrierte mich jedoch auf das wichtigere Detail. »Evangeline ist erstarrt?« Ich kramte gerade in meinem Koffer nach etwas zum Anziehen und hielt inne, um mich zu Remy umzudrehen. »Das sieht ihr gar nicht ähnlich.«

»Und dir sieht es nicht ähnlich, eine Bedrohung zu übersehen, die direkt vor deiner Nase lauert«, murmelte Tax. »Aber genau das ist offenbar geschehen.«

Ich zog die Augenbrauen in die Höhe und warf dem Fährtensucher einen fragenden Blick zu. »Gibst du etwa mir die Schuld an dieser Situation?«

Tax hatte immerhin den Anstand, reuevoll dreinzublicken. »Ich weise nur darauf hin, dass ihr beide ein wenig beschäftigt wart.«

»Er meint abgelenkt«, warf Zebulon ein. »Doch das ist nicht von Bedeutung. Soll ich Ashmedais Königliche Garde kontaktieren und um eine Audienz bitten?«

Bei dem Gedanken hätte ich fast ein Schnauben ausgestoßen, doch stattdessen antwortete ich: »Ja.« Als würde ich mich um dämonische Formalitäten scheren. Der Erzdämon war auch unangemeldet vor meiner Tür aufgetaucht. Warum sollte ich mich nicht dafür revanchieren?

Ich suchte mir ein frisches Hemd, Jeans und Stiefel aus und ging ohne ein weiteres Wort ins Badezimmer.

Evangeline war erstarrt?

Und wie war es möglich, dass sich jemand mit einer Waffe an mich herangeschlichen hatte?

Er meint abgelenkt.

Ich dachte über die Bemerkung nach, während ich mir das Blut aus dem Haar und von der Kopfhaut wusch und den Schmutz vom Leib schrubbte, nachdem ich drei Tage lang im Bett gelegen hatte.

Hatten sie etwa recht? Hatte meine Beziehung zu Evangeline uns beide in Gefahr gebracht?

Nein, gemeinsam sind wir stärker.

Dessen war ich mir sicher und sie wusste es auch. Drei Jahrtausende, in denen wir vergeblich unsere Leidenschaft füreinander bekämpft hatten, hatten bewiesen, dass wir einander brauchten. Nur in ihrer Nähe fühlte ich mich wirklich lebendig.

Wo bist du?, dachte ich, während ich durch unser himmlisches Band nach meiner Gefährtin suchte. Ein stetiges energetisches Summen war die einzige Bestätigung dafür, dass sie noch lebte.

Ich werde dich finden, versprach ich. *Du bist nie allein.*

Ich stellte das Wasser ab, rieb mich mit einem Handtuch trocken und zog mich an.

Ich wusste, dass Evangeline auf sich selbst aufpassen konnte. Allerdings war es beunruhigend, dass Tax die Aura nicht aufspüren konnte, mit der wir den Ring durchsetzt hatten. Das Geschenk diente zweierlei Zweck. Zum einen war es eine Waffe und zum anderen ein Alarmsignal für Situationen wie diese.

»Wurde der Ring zerstört?«, fragte ich, als ich ins große Schlafzimmer zurückkehrte.

Tax hatte es sich auf dem Bett bequem gemacht, wobei er die Beine ausgestreckt und die Knöchel gekreuzt hatte. Er blickte von dem Gerät in seinen Händen auf und schüttelte den Kopf. »Nein. Das hätte ich gespürt, da meine Aura darin enthalten ist.«

»Also hat sie den Ring noch?«

Er verzog nachdenklich den Mund. »Es wäre möglich,

dass jemand den Ring entfernt und irgendwo verborgen hat, doch das erklärt nicht, warum ich ihn nicht aufspüren kann. Ich kann ihn nicht einmal wahrnehmen, es ist fast so, als wäre er irgendwie gestorben. Aber wie gesagt, ich habe nicht *gespürt*, dass er zerstört wurde.«

»Fühlt es sich an, als wäre die Lebensenergie einfach verschwunden?«, fragte Zebulon mit einem Ausdruck düsterer Neugier.

»Ja, als hätte sie nie existiert«, stimmte Tax zu. »Seltsam, nicht wahr?«

»Nein, genau dasselbe ist mit Kalida passiert.« Er blickte mich mit seinen schokoladenbraunen Augen an. »Nach ihrer Gefangennahme war ihre Aura plötzlich wieder da, als wäre sie nie weg gewesen. Wir haben den Grund dafür nie herausgefunden.«

»Ashmedai hatte sie für Tausende von Höllenjahren in Gewahrsam und hat nie danach gefragt?«

»Für ihn war es wichtiger, sie zu bestrafen.«

Das wunderte mich nicht. Alle Dämonen liebten es, andere zu foltern. Ashmedai hatte dem wahrscheinlich keine Bedeutung beigemessen, da sie mit ihrer Aura zurückgekommen war. Vielleicht hatte er es sogar vergessen, weil sein Verstand von all dem uralten Wissen völlig vernebelt war. »Ich würde sagen, es hängt alles miteinander zusammen und Kalida ist diejenige, die den Wagen gefahren hat.«

»Offensichtlich«, antwortete Zebulon und klang gelangweilt. »Sie hat das alles eingefädelt.«

Er sprach die Worte mit einer solchen Überzeugung aus, dass ich unwillkürlich eine Augenbraue in die Höhe zog. »Hast du genügend Beweise dafür?«

»Abgesehen vom meinem gesunden Menschenverstand?«, konterte er und erwiderte meinen Blick. Ich antwortete nicht, sondern sah ihm nur in die

Augen und wartete darauf, dass er fortfuhr. Er verzog die Lippen leicht zu einem Lächeln, was mir verriet, dass er dieses alte Spielchen zwischen uns genoss. Ich hatte ihn um weitere Informationen gebeten und keine rhetorische Frage von ihm hören wollen.

»Ja«, sagte Zebulon schließlich. »Tax hat mir erzählt, dass ihr Sharons Aura hierher verfolgt habt. Ich habe mich bereits mit ihr unterhalten und sie hat behauptet, ich hätte sie für ein Treffen nach Miami beordert.« Er schnaubte, als er die letzten Worte aussprach. »Als würde ich sie je als würdig erachten.«

»Jemand hat sich deiner Kommunikationsprotokolle bedient, um mit ihr in Kontakt zu treten«, schlussfolgerte ich. »Und Kalida ist wahrscheinlich mit ihnen vertraut.«

»Richtig, sie hat euch in eine Falle gelockt und ihr seid alle darauf reingefallen.« In Zebulons Stimme schwang ein enttäuschter Unterton mit, der mehr als berechtigt war.

»Wir hätten vorsichtiger sein müssen«, gab ich irritiert zu. Es war zu offensichtlich gewesen. Evangeline hatte sogar darauf hingewiesen, doch ich hatte mir nicht die Mühe gemacht, darüber nachzudenken. So ein Fehler würde mir nicht noch einmal unterlaufen.

Zebulon warf einen Blick auf sein Handgelenk und drückte einen Knopf an seiner Uhr. »Ashmedai hat soeben einem Treffen mit uns zugestimmt.«

Ich schnaubte. »Wie großzügig von ihm.«

Remy stieß sich von der Wand ab, doch Tax blieb auf dem Bett liegen. »Ich muss noch etwas überprüfen«, sagte er, während er weiter auf den Bildschirm starrte. »Ich lasse gerade ein Programm laufen, das die Aufnahmen von Grant verfolgt und versucht, seinen Standort zu ermitteln, aber er verschwindet immer wieder. Heutzutage, im Zeitalter der Überwachung, sollte das eigentlich nicht möglich sein. Ich will noch ein paar

Nachforschungen anstellen, während ihr euch mit Ashmedai unterhaltet.«

»Du gehst dem Erzdämon aus dem Weg«, interpretierte ich seine Worte.

»Er jagt mir eine Heidenangst ein.« Tax drehte den Bildschirm wieder mir zu, um mir eine verschlungene Karte zu zeigen, auf der Stecknadeln verteilt waren. »Aber deshalb muss ich hierbleiben. Ich will diese Orte nach Portalpunkten absuchen, also muss ich mir auch Remy ausleihen.«

»Taxifahrer, zu Euren Diensten«, sagte der Portalhüter scherzhaft.

Ich ignorierte das Geplänkel der beiden und konzentrierte mich auf die Pfade auf dem Bildschirm. »Sind das alles Orte, an denen er von den Überwachungskameras verschwunden ist?« Es gab vier, die er immer wieder besucht hatte, und eine Handvoll, die von der Norm abwichen.

»Ja, und der unidentifizierte Wagen fuhr dorthin.« Er zeigte auf einen violetten Punkt. »Wir haben die Gegend bereits ausgekundschaftet und nur eine alte, mit Brettern verkleidete Tankstelle vorgefunden, aber irgendetwas hat die Übertragung gestört. Ich will den gemeinsamen Nenner finden, um zu sehen, ob wir herausfinden können, wohin er Eve gebracht hat.«

»Vorsicht, Kumpel, sonst könnten wir noch glauben, dass du dich um sie sorgst«, sagte Remy mit einem Grinsen.

Tax ignorierte ihn und blickte mich mit seinen hellen Augen an. »Es gefällt mir nicht, dass ich ihren Ring nicht spüren kann.«

Weil er sich dann wie ein Versager fühlte. Das konnte ich verstehen. »Nutze deine anderen Fähigkeiten, um sie zu finden, und schicke mir die Akten über McDowell. Ich möchte Ashmedai sein Gesicht zeigen, um zu sehen, ob er es wiedererkennt.«

Tax zog ein Handy aus seiner Tasche und reichte es mir. »Schon erledigt, Chef.«

Ich lächelte. »Ich wusste doch, dass du nützlich bist.«

»Ja, sicher, um Kugeln aus deinem Schädel zu holen, deine Freundinnen aufzuspüren und alle möglichen anderen Dinge zu erledigen.« Er verzog die Lippen zu einem Lächeln. »Viel Spaß in der Hölle.«

»Aber immer doch.« Ich steckte das Handy in die Tasche und ging auf Zebulon zu. »Ich nehme an, dann wirst du uns zu Ashmedai teleportieren?« Er hatte diese Fähigkeit erst kürzlich vor einigen Jahrzehnten entwickelt und sie hatte sich als äußerst nützlich erwiesen. Im Grunde konnte ich mich auch selbst teleportieren, doch es war immer mit Schmerzen verbunden. Es war viel leichter, mich von ihm mitnehmen zu lassen.

Er streckte seine dunkelhäutige Hand mit der Handfläche nach oben aus. »Die Liste der Gefallen, die du mir schuldest, wird immer länger, Xai.«

»Ich bin mir sicher, es wird dir Spaß machen, sie einzufordern, Zebulon.« Ich ergriff seine Hand.

Er stieß ein finsteres Lachen aus, das noch in der dunklen Spirale zu hören war, durch die wir teleportiert wurden. Es verriet mir, dass er bereits wusste, was er von mir als Gegenleistung verlangen würde.

Und es würde mir sicher nicht gefallen.

KAPITEL 5

Eine Verabredung in der Hölle ohne Evangeline ist wirklich die Hölle

Energie strömte unkontrolliert um uns herum und belebte meine Seele mit jedem Schritt, mit dem wir uns Ashmedais Turm näherten. Die saphirblauen Farbtöne seines Reiches verliehen meinem olivfarbenen Teint einen unnatürlich bläulichen Schimmer, sodass ich dankbar war, nur vorübergehend hier unten verweilen zu müssen. Schwarz gefiel mir wesentlich besser.

»Warum hast du mich nicht angerufen?«, wollte Zebulon wissen, als wir die Treppe zum Vordereingang hinaufstiegen. »Immerhin ist sie meine Tochter.«

»Verspürst du plötzlich eine väterliche Verantwortung?«

Ein verärgerter Ausdruck huschte über Zebulons Gesicht und er presste die Lippen zu einer dünnen Linie zusammen. Er war nicht der Einzige, der mit dem Spielchen der rhetorischen Fragen vertraut war.

Ich öffnete die Tür mit einem Grinsen. »Ashmedai hat sich mit dem Auftrag an uns gewandt und wir sind fälschlicherweise davon ausgegangen, dass es ein paar Tage dauern würde, ihn abzuwickeln. Dich anzurufen stand nicht so weit oben auf unserer Liste wie Kalida zu fangen, damit wir Trudy zurückholen können.«

»Tru«, korrigierte mich eine weibliche Stimme von oben. »Das habe ich dir jetzt schon ein Dutzend Mal gesagt.«

»Sie ist entzückend, nicht wahr?« Ashmedai strich mit einer Hand über ihr Haar, als würde er einen Hund streicheln. Trudy packte sein Handgelenk und verdrehte es hinter seinem Rücken, um ihn gegen das Balkongeländer zu pressen, wobei sie seine marineblauen Flügel zwischen ihren Körpern einklemmte.

»Scheiße.« Ich eilte die Treppe hinauf, als sie gerade von Ashmedais Garde umzingelt wurden, doch der Erzdämon stieß ein abschätziges Lachen aus, das sie auf halbem Weg innehalten ließ.

»Wenn du mich noch einmal streichelst, bringe ich dich um«, knurrte Trudy und verdrehte sein Handgelenk noch ein Stück weiter, sodass er eigentlich Schmerzen hätte verspüren müssen, vor allem, weil seine Federn dadurch platt gedrückt wurden. Ich hatte den Erzdämon bisher nur ein einziges Mal in seiner wahren Gestalt gesehen, denn für gewöhnlich verbarg er seine Flügel, wenn er zur Erde aufstieg.

»Vielleicht behalte ich sie«, sagte Ashmedai und grinste, statt das Gesicht zu einer Grimasse zu verziehen. »Sie ist fantastisch.«

Trudy ließ ihn mit einem kehligen Knurren los und trat zwei Schritte zurück, bevor sie ihre schlanken Arme über ihrer Lederweste verschränkte. Sie wandte sich an die bewaffneten Wachen. »Was ist denn? Wollt ihr es etwa als Nächstes mit mir versuchen?«

»Du scheinst ja richtig aufzublühen«, sagte ich, als ich neben ihr stehen blieb. Zebulon schlenderte immer noch mit gelangweilter Miene die Treppe hinauf.

»Dank einer morgendlichen Kur mit Erzdämonenblut.« Sie kniff ihre haselnussbraunen Augen zu dünnen Schlitzen zusammen, als sie sich an Ashmedai wandte. »Kann ich jetzt gehen?«

»Kannst du denn irgendwo Kalida entdecken?«, erwiderte er, wobei er sich mit unschuldiger Miene umsah. »Ich nämlich nicht.«

Trudy blickte mich an, wobei sie immer noch die Augen zusammengekniffen hatte. »Es sind jetzt schon fünf Jahre, Xai.«

Ich zählte die Erdentage und seufzte. »In der Tat. Ashmedai, ich habe mich wie verlangt auf die Suche nach ihr gemacht. Vielleicht …«

»Die Worte kannst du dir sparen. Nein.« Die spielerische Energie, die er gerade noch an den Tag gelegt hatte, verschwand hinter der Maske eines mächtigen Wesens. »Also, warum wolltet ihr euch mit mir treffen?«

Zebulon erreichte schließlich das obere Ende der Treppe und ließ sich vor seinem Vorgesetzten auf die Knie fallen. »Mein Prinz«, murmelte er mit ehrfürchtig gesenktem Haupt, »Evangeline wurde entführt, von Kalida und einem Mann unbekannter Herkunft. Wir haben uns gefragt, ob du ihn vielleicht erkennst.«

Ich zog das Handy, das Tax mir gegeben hatte, aus meiner Tasche und rief das Bild von Grant McDowell auf. Ashmedai nahm es entgegen, warf einen Blick auf den Bildschirm und zuckte mit den Schultern. »Kommt mir nicht bekannt vor.«

Er wollte es gerade zurückgeben, als Trudy es ihm entriss, wobei deutlich zu sehen war, wie vertraut sie und der Erzdämon einander waren. Ashmedai warf ihr einen amüsierten Blick zu, während alle anderen mit angehaltenem Atem darauf warteten, dass er sie bestrafte.

Interessant.

»Ich kenne ihn«, sagte sie und runzelte die Stirn. »Er war einmal Mitglied der Auferstandenen aus der Dunkelheit.«

Ich zog die Augenbrauen in die Höhe. »Er ist ein Nephilim?«

»Möglicherweise ist das eine Erklärung für das Problem mit der Aura«, antwortete Zebulon, der immer noch auf dem Boden kniete. Solange Ashmedai ihm nicht erlaubte aufzustehen, durfte er sich nicht bewegen. Dadurch, dass der Erzdämon Zebulon weiter vor sich knien ließ, gab er ihm auf subtile Weise zu verstehen, dass er ihn immer noch für Kalidas schlechtes Benehmen verantwortlich machte. Dämonen vergaßen nicht so leicht und konnten Bestrafungen durchaus in die Länge ziehen.

»Das Problem mit der Aura.« Trudy sah von dem Handy auf und blickte Ashmedai fragend an. »Wie sollte ein Nephilim einem Dämon helfen, seine Aura zu verbergen?«

»Indem sie ihre Seelen miteinander verbinden« sinnierte Ashmedai. »Er hätte dadurch die Möglichkeit, in der Hölle aufzublühen, und sie könnte ihre Aura verbergen. Es ist faszinierend, dass ich daran nicht schon früher gedacht habe.«

»Aber ihre Aura war zurückgekehrt, als wir sie gefangen genommen haben«, sagte ich gedehnt. »Willst du damit sagen, dass sie sie beliebig erscheinen und verschwinden lassen kann?«

Ashmedai zuckte mit den Schultern. »Theoretisch schon. Mein Blut hat es Tru ermöglicht, hier unten zu gedeihen, und ihr zudem einige weitere, einzigartige Talente verliehen.« Er zwinkerte ihr zu, doch sie bedachte ihn mit einem finsteren Blick. »Ich habe sie jedoch noch nicht selbst gekostet, um herauszufinden, ob ihre Fähigkeit der Aurenverschleierung übertragbar ist oder nicht.«

»Du kannst es ja versuchen«, sagte sie und stemmte die Hände in die in Leder gehüllten Hüften. Ihr ganzes Outfit war kriegerisch und ähnelte Ashmedais Aufmachung.

Er verzog die Lippen zu einem Lächeln. »Vorsicht, oder ich werde dich wirklich behalten, kleiner Engel.«

Ich räusperte mich. »An deiner Theorie ist etwas dran, aber der Ring, den ich Evangeline geschenkt habe, war mit einer Aura versehen, die Tax nicht mehr spüren kann.«

»Dann scheint dein Nephilim die Macht zu besitzen, Auren zu verdunkeln, was bedeutet, dass er möglicherweise mit Dariel verwandt ist.«

Der Erzengel der Verschleierung. »Ich bezweifle, dass er diese Anschuldigung gutheißen würde.« Dennoch konnte ich nicht verleugnen, dass seine Theorie einen Sinn ergab. Ich würde mich mit ihm über seinen letzten Besuch auf der Erde unterhalten und ihn fragen müssen, ob er sich bei dieser Gelegenheit auch mit einer Sterblichen gepaart hat.

»Richtig, ich vergaß. Deinesgleichen verkehrt nicht mit Menschen.« Er starrte Trudy eindringlich an. »Nephilim existieren aufgrund einer anderen himmlischen Magie.«

»Gut, also arbeitet Kalida mit einem Nephilim zusammen, der möglicherweise ein Band mit ihr eingegangen ist und Auren verbergen kann.« Das bedeutete, dass wir Evangeline nicht näher gekommen waren als noch vor einer Stunde. Ich versuchte erneut, durch unsere Verbindung mit ihr in Kontakt zu treten, um ihren Standort zu ermitteln, aber ihre Seele reagierte nur mit einem schwachen Flüstern. Es war eine Bestätigung, dass sie noch am Leben war, mehr nicht.

Komm schon, Liebes, kämpfe. Tu es für mich.

Fast hätte ich mich zurückgezogen, als ein Flüstern durch die Verbindung driftete. *Ich vermisse dich.*

Ich erstarrte und konzentrierte mich voll und ganz auf

diesen einen zarten Strang ihres Bewusstseins. *Wo bist du?*, wollte ich wissen.

Zweifellos in der Hölle. Und ich bilde mir ein, dass du mit mir sprichst.

Mein Herz setzte einen Schlag aus, als ich hörte, wie verträumt ihre Stimme in meinem Geist klang. Sie passte ganz und gar nicht zu meiner Kriegerin, meiner besseren Hälfte. Wäre ich mir unseres Bands nicht absolut sicher gewesen, hätte ich es für einen Trick gehalten, doch ich konnte *fühlen*, wie ihre Seele die meine berührte. Meine Gefährtin, meine Liebe, mein Leben.

Wo genau in der Hölle?

Das Schweigen dauerte viel zu lange an, bevor ich sie flüstern hörte: *Ich wünschte, ich wüsste es … Ich wünschte, ich könnte entkommen …*

Mein Gott, sie klang gebrochen, als hätte sie bereits aufgegeben. Ich legte mir eine Hand in den Nacken und hielt die Augen geschlossen, während ich mich auf die Frau konzentrierte, die ich anbetete. *Denk nach, Evangeline. Ich brauche mehr.*

Mehr was?

Einzelheiten, knurrte ich im Geiste.

Ein Gefühl der Verwirrung war durch die Verbindung spürbar. *Worüber? Vergiss es. Es spielt keine Rolle.*

Evangeline, blaffte ich.

Nichts.

Verdammt! Die Verbindung zwischen uns geriet ins Wanken, als ihre Seele die meine verließ und in den Abgrund des Wahnsinns fiel. Was hatte Kalida ihr angetan? Wenn sie wirklich in der Hölle war, bedeutete das, dass sie bereits viel länger hier unten war als jemals zuvor. Und wenn sie noch nicht entkommen konnte …

Du hast schon Schlimmeres überlebt, sagte ich zu ihr. Aber stimmte das? Sie war noch nie länger als ein paar Tage in der Hölle gewesen und wer wusste schon, was Kalida mit ihr anstellte.

Wenn Evangeline noch nicht geflohen war …

Nein. Ich weigerte mich, diesen Gedanken weiterzuspinnen.

Du wirst auch das überleben, versprach ich ihr, denn es gab keine Alternative. Ich brauchte Evangeline lebend.

Ich weiß … Ihre Stimme erreichte mich kaum und die Verbindung brach ohne meine Zustimmung einfach ab.

Ich ballte die Hände zu Fäusten, als mich der Drang überkam, auf etwas einzuschlagen. Noch vor einer Woche waren wir glücklich gewesen. Alleine. Wir hatten uns um unsere eigenen Angelegenheiten gekümmert. Doch all das hatte sich wegen eines verdammten Erzdämons geändert. Ich öffnete die Augen und sah den Verursacher meiner Wut vor mir stehen.

Er wich einen Schritt zurück, war jedoch nicht schnell genug, um meiner Faust auszuweichen. Sein Kiefer brach unter der Wucht des Aufpralls und gab ein knackendes Geräusch von sich, das durch den Raum hallte und die anderen vor Schreck erstarren ließ.

Elektrizität durchzuckte meine Adern, als seine Königliche Garde reagierte und ihre mentalen Kräfte mit voller Wucht auf mich einprasseln ließ. Ich nährte mich von ihrer chaotischen Energie und wob sie um mein Wesen, als meine Flügel durch meinen Rücken brachen und mein innerer Erzengel zum Vorschein kam, um den Raum zu beherrschen.

Feuer versengte die Luft.

Trudy schrie.

Dämonische Gesänge ertönten.

Ich hieß den Kampf willkommen, heizte ihn an und sehnte mich sogar danach.

Die blauen Lakaien hatten keine Chance.

»Genug!«, brüllte Ashmedai, wobei der Befehl der Königlichen Garde galt. »Und du, steh von dem verdammten Boden auf.«

Zebulon erhob sich. »Ich danke Euch, mein Prinz.«

»Evangeline wird auf dieser Ebene gefoltert, weil du nicht imstande warst, einen armseligen Sukkubus als Geisel zu halten«, knurrte ich und drang in den persönlichen Bereich des Erzdämons ein. »Ich habe dieser Mission zugestimmt, weil mich der Gedanke belustigt hat und ich gehofft hatte, Evangeline dabei beobachten zu können, wie sie Kalida tötet. Mittlerweile finde ich die Sache ganz und gar nicht mehr lustig, Ashmedai.«

Er entfaltete kurz seine marineblauen Flügel und ließ sie dann auf seinem Rücken ruhen. »Verstanden, Xai.«

Wir starrten einander an. Er durchbohrte mich fast mit seinen violetten Augen, während ich ihn mit meinen schwarzen Iriden fixierte. Eine machtvolle Energie brodelte förmlich zwischen uns. Ebenso wie Wut, Autorität und ein uraltes Verständnis.

»Ich habe mich geirrt, als ich sagte, dass du deinem Vater ähnelst. Du bist viel mächtiger und faszinierender als Mietek.« Purpurne Flammen leuchteten in seinen Augen auf, als er seine Möglichkeiten abwog. Es wäre ein fairer Kampf zwischen uns, sogar in seinem eigenen Reich.

Aber ich hatte etwas, was ihm fehlte: Entschlossenheit. Ich wollte, dass er mit seinem Blut für das bezahlte, was meiner Gefährtin angetan wurde.

Und dagegen würde er sich nicht wehren können.

»Ich werde dir helfen, Evangeline zu finden«, räumte er schließlich ein.

»Das wirst du«, stimmte ich zu. »Und wenn sie dir eine silberne Klinge ins Fleisch stößt, wirst du dich nicht an ihr rächen.« Sie würde ihn nicht töten und wäre auch gar nicht dazu in der Lage, aber sie würde ihn niederstechen. Das war das Mindeste, was er verdient hatte.

Er hielt meinem Blick noch einen Moment stand, dann verzog er die Lippen zu einem Lächeln. »Einverstanden.« Er streckte die Handfläche aus, an der bereits eine Blutspur entlangrann. Damit demonstrierte er einmal mehr seine Stärke, denn Ashmedai war ein mächtiger Telekinetiker.

Doch das schüchterte mich nicht ein.

Ich streckte ihm auch meine Handfläche entgegen und sah zu, wie ein ähnlicher Pfad in meine Haut geätzt wurde. Wir schüttelten uns die Hände, wobei wir unser Blut miteinander verbanden und schworen, die Abmachung einzuhalten.

Die Spannung im Raum schwand und verebbte schließlich vollständig. Ich legte die Flügel behutsam an meinem Rücken an, ließ sie jedoch nicht gänzlich verschwinden.

Es war ein vorübergehender Waffenstillstand.

Trudy trat an Ashmedais Seite und riss ihre haselnussbraunen Augen auf, als er ihr einen saphirfarbenen Flügel um die Schultern schlang. »Du warst sehr nachsichtig«, sagte sie.

Ich schmunzelte, oder versuchte es zumindest. Sie hatte keine Ahnung, wozu ich fähig war. Das wussten nur sehr wenige. »Du musst die anderen warnen.«

»Sollen wir uns jetzt auf die Suche nach deiner Gefährtin machen«, fragte Ashmedai mit gelangweiltem Tonfall, »oder willst du mir noch einen Kinnhaken verpassen?«

»Hat es wehgetan?«, fragte ich.

Er blinzelte. »Wenn ich deine Frage bejahe, wird dich das befriedigen?«

»Vorübergehend.«

»Dann, ja. Es hat wehgetan.«

»Gut. Ich hoffe, Evangeline treibt dir eine Klinge durchs Herz.«

Er verzog die Lippen zu einem Lächeln. »Dann schlage ich vor, dass wir sie finden, damit du dich wieder über unsere Situation lustig machen kannst.«

Dazu würde es so schnell nicht wieder kommen, nicht nachdem ich sie in meinem Kopf gehört hatte. Aber es würde mich durchaus amüsieren, wenn sie den Scheißkerl erdolcht, der sie in diese Lage gebracht hatte.

»Zebulon, könntest du Tax und Remy herbeizitieren?« Aus Respekt zu ihm formulierte ich es als eine Bitte, aber eigentlich war es eine Forderung. Es hatte keinen Sinn, dass der Fährtensucher und der Portalhüter auf der Erde nach Evangeline suchten, wenn sie in der Hölle gefangen gehalten wurde.

»Schon geschehen«, antwortete er.

»Ausgezeichnet.« Ich fixierte Ashmedai mit einem Blick. »Ich hoffe, du hast eine Idee, wo wir anfangen sollen.«

Seine violetten Augen verdunkelten sich. »In der Tat, das habe ich. Mithilfe dieser einzigartigen Verbindung, durch die du gerade Kontakt zu ihr aufgenommen hast.«

Du kannst also doch Gedanken lesen. Ich hatte es schon immer vermutet, aber mit dieser Bemerkung hatte er es mir bewiesen.

Er zuckte nur mit den Schultern. Es war nicht nötig, dass er dem noch etwas hinzufügte.

KAPITEL 6

Welches Jahr schreiben wir? Ich habe das Zeitgefühl völlig verloren …

Um mich herum hörte ich Stimmen, die einen tiefen Schmerz in meinem Inneren auslösten.

Ich wollte nicht mehr aufwachen.

Wollte keine weitere Sekunde dieses Wahnsinns ertragen.

Blut.

Knochen.

Fleisch.

Ich hatte kaum etwas gegessen.

Und kaum etwas getrunken.

Die Hölle war nicht für meinesgleichen bestimmt.

Oder waren wir wieder auf der Erde? Kalida brachte mich immer wieder an einen anderen Ort, an dem sie mich heilte, dann holte sie mich zurück und zerstörte mich aufs Neue.

Xai … Sein Name hallte in meinem Herzen wider.

Meine Verbindung zu seiner Seele war der Grund, warum ich noch am Leben war. Ohne ihn hätte ich mich schon längst der Dunkelheit hingegeben.

Ich hatte geglaubt, die beiden überlisten zu können,

doch all meine Bemühungen liefen ins Leere. Alle meine Pläne versanken in einem tiefschwarzen Abgrund und mein Verstand zerbrach unter den Qualen.

Wann hatte ich das letzte Mal gekämpft? Oder es versucht? Wie viele Jahre war ich schon hier? Gefangen in dieser Dimension der Qualen?

Komm schon, Liebes, kämpfe. Tu es für mich. Xais Flüstern trieb mir fast die Tränen in die Augen. Seine Stimme klang so real und doch so wahnhaft. Ich stellte mir vor, wie er neben mir stand, meine zerbrochene Seele hielt und sie mit seiner Liebe wieder zusammensetzte.

Ich vermisse dich, sagte ich zu ihm. Würde ich ihn jemals wiedersehen?

Wo bist du? Drei entschlossene Worte, von denen ich mir wünschte, sie wären echt.

Zweifellos in der Hölle. Und ich bilde mir ein, dass du mit mir sprichst.

Wo genau in der Hölle?

Ich wünschte, ich wüsste es … Ich wünschte, ich könnte entkommen … War ich überhaupt in der Hölle? Das Gewicht an meinem Bauch ließ mich darauf schließen. Manchmal wurde es mir jedoch genommen. Das waren die schlimmsten Tage. Dann gewährte Kalida mir einen kleinen Hoffnungsschimmer und gab mir eine Erinnerung an zu Hause, um sie mir mit einem grausamen Lachen wieder zu entreißen, bevor sie mich zurück in die Unterwelt schickte.

Denk nach, Evangeline. Ich brauche mehr.

Mehr was?

Einzelheiten.

Ich runzelte die Stirn. *Worüber? Vergiss es. Es spielt keine Rolle.*

Alles, was ich versucht hatte, war fehlgeschlagen. Kalida hatte alles durchdacht. Sie hatte mehrere

Jahrtausende Zeit gehabt, es zu planen, und ließ keine Gelegenheit aus, um damit zu prahlen.

Ich wollte sie töten. Sie in Stücke reißen. Sie *zerstören.* Aber ich konnte nicht einmal meine Hand heben.

Ich war wieder gebrochen.

Die Stimmen redeten weiter. Sie wurden lauter und verebbten, flüsterten, schrien. Sie stritten sich miteinander und lachten. Es waren mindestens drei.

Du hast schon Schlimmeres überlebt, flüsterte Xai, dessen Stimme immer schwächer wurde. *Du wirst auch das überleben.*

Ich weiß …

Tat ich das? Ich war mir nicht mehr so sicher.

Ich gähnte oder versuchte es zumindest.

Die Welt um mich herum wurde schwarz und erinnerte mich an ein Bett aus Federn, nach dem ich mich sehnte.

* * *

»Ich werde dich brechen, Eve.«

Als ich die Frustration in Kalidas Stimme hörte, hätte ich am liebsten die Lippen zu einem Lächeln verzogen. Monate, Jahre – oder vielleicht sogar Jahrzehnte? – dieser endlosen Qualen und sie hatte meinen Geist noch nicht zur Strecke bringen können. Mit meinem Körper stand es jedoch nicht ganz so gut.

Grant seufzte. »Sie kann dich nicht hören, Baby. Du hast sie zu sehr gequält.«

Nicht ganz, Volltrottel. Ich kann dich sogar sehr gut hören.

»Ich weiß«, knurrte Kalida ihn an. »Bring sie für eine Weile zurück zur Erde. Ich will, dass sie wieder geheilt wird. Und zwar noch schneller. Damit ich sie wieder brechen kann.«

»Vielleicht sollten wir die Methode ändern«, schlug er vor. »Möglicherweise sollten wir sie eher mental als körperlich foltern. Oder eine Kombination aus beidem anwenden.«

Ich stellte mir vor, wie er ihr die Schultern massierte, während sie sprach, und wie sie sich beide in der Nähe meiner verstümmelten Gestalt entspannten. Sie hielten mich oft für tot und bewusstlos, was ich zu meinem Vorteil nutzte, indem ich stets nach einem Schwachpunkt suchte. Aber obwohl ich diesen Zustand des Todes perfektioniert hatte, spürten sie jedes Mal, wenn meine Heilung einsetzte. Möglicherweise hatten sie es auch nur gut getimt. In dem Moment, in dem meine Gliedmaßen von einem Kribbeln durchzogen wurden, begannen sie von Neuem und setzten mich im Handumdrehen außer Gefecht.

Irgendwann würde ich es richtig machen. Sie würden mich immer noch für wehrlos halten, und dann würde ich zuschlagen. Ich träumte von diesem Moment. Eines Tages. Hoffentlich bald.

»Was schwebt dir denn vor?«, fragte Kalida mit schläfriger Stimme.

»Lass uns beim Abendessen darüber reden, okay? Richard wird sie bewachen, während wir weg sind.«

Igitt, der Ghul. Normalerweise mochte ich seinesgleichen, doch dieser hier war mir nicht sonderlich sympathisch. Vor allem, weil er eine Vorliebe dafür hatte, mich als einen Snack zu behandeln. Er stand ganz oben auf meiner Abschussliste. Direkt hinter Kalida und Grant.

»Also gut«, sagte Kalida und ich hörte das Geräusch eines Stuhls, der über den Boden scharrte. »Nur noch eine Sache.«

Ein Stechen durchdrang meine Brust.

Schnell.

Schmerzhaft.

Quälend.

Ich werde dich töten, du Schlam…

* * *

Wieder Stimmen.

Diesmal waren sie lauter. Zwei Männer, die sich darüber unterhielten, was in dieser Woche auf dem Plan stand.

Grant und … vielleicht Derek?

Es war egal.

Meine Rippen schmerzten. Sie waren kaum verheilt und noch nicht bereit, eine weitere Runde gefoltert zu werden.

Rühr dich nicht, ermahnte ich mich selbst. Lass sie nicht wissen, dass der Heilungsprozess eingesetzt hat. Sie sollen glauben, dass du immer noch tot bist.

Ein Mann grunzte. Er sagte irgendetwas von Einverständnis und von einer neuen Methode, mit der sie meinen Körper auf unaussprechliche Weise quälen würden.

Nein, knurrte meine Seele. *Nur Xai.*

Aber ich brauchte noch ein paar Stunden.

Bitte. Noch nicht …

* * *

Stille.

In welcher Dimension befinde ich mich?

Alles schmerzte, doch das war momentan nicht von Bedeutung. Der Schmerz war mein Geliebter, mein Vertrauter, mein Wesen.

Mir stieg der Geruch von verkohltem Fleisch in die Nase. Kam er von mir selbst? Oder lag es daran, dass wir uns in der Hölle befanden? Ich wusste es nicht. Und es war mir egal.

Hatten sie nicht etwas von einer neuen Foltermethode

gesagt? Hatten sie sie bereits angewandt? Ich fühlte mich nicht anders als sonst, doch ich spürte, wie mein Körper sich selbst heilte. Kalida hatte irgendetwas mit meinen Rippen angestellt. Ich wollte nicht darüber nachdenken, was genau sie getan hatte, doch es tat verdammt weh.

Dennoch konnte ich meine Zehen spüren. Das bedeutete, dass jeden Moment eine neue Runde beginnen würde.

Ich wartete.

Und wartete.

Sind das meine Finger? Faszinierend.

Es herrschte weiterhin Stille.

Während ich meine Gliedmaßen immer mehr spüren konnte.

Ich sog die Luft in meine Lunge und stieß sie wieder aus.

Es geschah immer noch nichts.

War das ihre neue Art, mich zu quälen? Gewährten sie mir einen Hoffnungsschimmer? Denn ich weigerte mich, mich ihm hinzugeben. Nach Monaten – und vielleicht Jahren – war dies eine zu große Abweichung von dem üblichen Verhalten meiner Entführer und ich hatte mir ihre Bewegungsmuster genau eingeprägt.

Nicht schlecht, dachte ich. *Aber ich habe euch durchschaut.*

Ich weigerte mich zu hoffen, es war ein trügerisches Gefühl. Aber wenn sie wollten, dass ich mich noch ein wenig ausruhe, hätte ich nichts dagegen einzuwenden. Weder meine Hände noch meine Füße waren gefesselt. Vielleicht könnte ich tatsächlich endlich zuschlagen. Selbst wenn ich Kalida nur einen Kinnhaken versetzen würde, wäre das eine Genugtuung. Noch besser wäre es, wenn ich entkommen könnte.

Wenn sie dir genügend Zeit geben, um zu heilen …

Nein. Ich weigerte mich, diese Möglichkeit in Betracht

zu ziehen, denn damit würde ich der Hoffnung erlauben, sich in meine Gedanken zu schleichen.

Ich blieb reglos liegen, während die Natur meines Geburtsrechts langsam zu Werke ging. Dieser Teil von mir hatte wohl noch nicht mitbekommen, dass ich keine Hoffnung hegen wollte, denn jetzt, da ich länger als gewöhnlich hatte heilen können, wollte die Auftragskillerin in mir Pläne schmieden.

Also schön. Ich würde den Gedanken kurz in Betracht ziehen, sei es auch nur, um mir die Zeit zu vertreiben, immerhin war ich allein und konnte mich nicht bewegen.

Ich hatte bereits die wichtigsten Merkmale meiner Gegner, all ihre Schwächen und Stärken sowie ihre allgemeinen Beweggründe abgespeichert. Dennoch machte es mir die ständige Folter unmöglich, meine Beobachtungen zu nutzen und zu handeln.

Im Moment werde ich nicht gefoltert.

Das ist wahr.

Hm.

All die Zeit, in der mein Vater mich angeleitet hatte, all die Erfahrungen, die ich auf der Erde hatte sammeln können – es musste doch irgendetwas geben, das ich zu meinem Vorteil nutzen konnte. Zum Beispiel hatte ich meinen Ring, denn meine Entführer hatten ihn mir nie abgenommen. Wahrscheinlich lag das daran, dass er aus Gold statt aus Silber war und sie die kleine Silberspritze im Inneren nicht wahrnehmen konnten. Obendrein gefiel Kalida der Ring, denn er erinnerte sie angeblich an Xai und ließ sie daran denken, wie erschüttert er sein würde, wenn sie mich völlig vernarbt an ihn übergeben würde. Allerdings heilte ich immer noch nach jeder Folter. Oh, wie sehr sie das hasste.

Hätte ich meine Lippen bewegen können, dann hätte ich gelächelt.

Mir lief ein Schauer über den Rücken. Ich wollte nicht länger hierbleiben. Ich wollte kämpfen. Doch dafür würde ich mich in Bewegung setzen müssen.

Ein männliches Pfeifen ertönte aus der Nähe.

Bleib liegen. Lass sie nicht wissen, dass du wach bist.

Weil das in der Vergangenheit so gut funktioniert hat.

Pst!

Ich verlangsamte meine Atmung, ein Trick, den ich im Laufe der vergangenen Monate oder Jahre fast perfektioniert hatte. Vielleicht waren es sogar Jahrzehnte gewesen.

Denk jetzt nicht darüber nach. Konzentrier dich. Die Stimme in meinem Inneren war der meines Vaters täuschend ähnlich, was zweifellos auf all die Lektionen zurückzuführen war, die mir als Kind eingeimpft worden waren.

»Ich weiß nicht, Mann, für mich sieht sie immer noch ziemlich tot aus.« Ich hatte diese charmante Stimme schon oft in meiner Nähe gehört, doch bisher hatte niemand den Portalhüter beim Namen genannt. Daher hatte ich ihm den Namen *Sammy der Tote* gegeben.

»Ja, Kalida hat ihr übel mitgespielt, aber die Schlampe sollte bald wieder bei Bewusstsein sein. Dann wird der Spaß beginnen.« Als ich Grants Stimme hörte, gab ich mich sofort meinen Fantasien darüber hin, wie ich ihn töten würde. Ich würde auf jeden Fall langsam vorgehen und es äußerst blutig gestalten.

Einer von ihnen – wahrscheinlich Grant – strich mit einem Finger meinen Arm hinauf bis zu meinem Schlüsselbein und ließ ihn dann wieder hinuntergleiten. »Als Erstes ist ein Dargarianer an der Reihe, meine liebe Eve. Er hat viel Geld bezahlt und hat irgendetwas davon gefaselt, dass du seinen Bruder getötet hast.«

Wenn ich es getan habe, hat er es zweifellos verdient, dachte ich und lächelte innerlich. *Und womit ist er an der Reihe?*

»Wie soll ich es anstellen?«, fragte Sammy der Tote. »Soll ich sie nach jedem Fick teleportieren, um sie an einen anderen Ort zu bringen?«

Nach jedem Fick?

»Ja, ich werde dir jede Stunde die Koordinaten schicken. Sorge einfach dafür, dass sie in Bewegung bleibt und keiner von ihnen sie wirklich tötet.«

Der Portalhüter schnaubte. »Ich bin ein Teleporter, kein Leibwächter.«

»Dann sollte ich wohl zuerst mit ihr spielen«, erwiderte Grant.

Es kostete mich jede Menge Konzentration und Selbstkontrolle, um absolut reglos liegen zu bleiben, als er mit dem Finger meine Brustwarze umkreiste und sich viel zu viele Freiheiten mit meinem größtenteils toten Fleisch herausnahm.

Stehst du darauf, Grant, du krankes Arschloch?

Meine Seele wurde von einem unbändigen Verlangen durchströmt, ihn zu zerfetzen. Es belebte mein Innerstes und ich hätte fast mit den Fingern gezuckt, um nach einem Messer zu tasten. Eine so heftige Regung hatte ich schon seit einer Ewigkeit nicht mehr gespürt.

Ich werde euch alle töten.

Er ließ seine Hand weiter hinabwandern und mir wäre fast die Galle hochgekommen.

Endlich verstand ich, was Kalida bezweckte und was der Plan beinhaltete, den Grant für sie ausgearbeitet hatte. Sie wollten meinen Körper sexuell schänden, um mich mental und emotional zu quälen. Sie wollten mich zwingen, es mit einem anderen als Xai zu treiben. Es war die denkbar schlimmste Art der Folter, vor allem für einen Engel, der mit einem anderen ein Band geschlossen hatte.

Bewege dich nicht, ermahnte ich mich. *Reagiere nicht. Du bist noch nicht bereit.*

Aber ich wollte schreien. Ich wollte die Hand brechen, die mich an einer Stelle berührte, an der sie nichts zu suchen hatte. Ich wollte sein verdammtes Gesicht mit meiner Faust zerschmettern.

Du hättest mich nie heilen lassen sollen, dachte ich düster. *Du hättest mich gebrochen lassen sollen.*

Es war pure Arroganz gepaart mit Bosheit. Sie wollten, dass ich mir der Schändungen bewusst wäre und mich an alles erinnern konnte. Doch dafür musste ich zuerst heilen.

Das ist meine Chance.

Ich spürte es mit jeder Faser meines Wesens. Sammy der Tote hatte vor, mich von Vergewaltiger zu Vergewaltiger zu teleportieren, und bestätigte somit, dass ich mich in der Hölle befand. Das erklärte auch die Übelkeit, die meine Eingeweide in Aufruhr versetzte. Ich hatte sie für eine Schwäche meines Körpers gehalten, weil er immer noch heilte.

Ich kann meine Gliedmaßen spüren und meine Finger zu Fäusten formen.

Aber noch nicht.

Nein, noch nicht.

Meine zerrissenen Gedanken hätten mich beunruhigen sollen; stattdessen schürten sie mein Bedürfnis nach Rache.

»Solange die Schlampe nicht bei Bewusstsein ist, hat es keinen Sinn«, gab Sammy der Tote hilfsbereit zu bedenken.

»Du hast recht.« Grant seufzte und zog seine Hand zurück. Genau diese Hand würde ich heute brechen. »Der Dargarianer wird bald hier sein. Ich hole etwas Adrenalin aus dem Operationssaal, damit sie schneller aufwacht.«

Fast hätte ich ein Knurren ausgestoßen. Wie oft hatte Kalida mich mit Adrenalin vollgepumpt, bevor mein

Körper die Heilung abgeschlossen hatte, nur um mich wieder aufzuschlitzen?

Ich werde dir diese verdammte Nadel ins Herz stechen.

»Arschloch«, murmelte Sammy der Tote. Das tat er häufiger, nachdem Grant verschwunden war, was mich normalerweise innerlich grinsen ließ. Aber heute nicht.

Beweg dich.

Jetzt.

Ich krümmte die Finger und ballte sie zu Fäusten. Es schmerzte und ich kam nur langsam voran, doch meine Hand bewegte sich.

Als Nächstes spannte ich die Arme an. Meine verkümmerten Muskeln protestierten und wurden von einem schmerzenden Krampf durchzuckt, dennoch führte ich die Bewegung immer wieder aus, um mich bereit zu machen. Sie war zwar subtil, doch der Portalhüter hätte sie bemerkt, wenn er wachsam gewesen wäre.

Dann nahm ich mir meine Beine vor.

Mir läuft die Zeit davon.

Ich weiß.

Anspannen. Entspannen. Anspannen.

Jetzt oder nie, Eve. Er wird jeden Moment zurück sein.

Ich verabscheute und verehrte diese innere Stimme zugleich. Es war die Stimme meiner Kriegerseele, die endlich zum Leben erwachte und mich daran erinnerte zu *kämpfen*.

Meine Glieder waren bereit und zitterten vor Anspannung.

Zeit zu atmen.

Ich atmete so leise wie möglich ein, füllte meine Lunge mit Luft und atmete aus, während mein Herzschlag sich langsam beschleunigte. Der Tod blühte in meiner Seele auf. Jetzt rief ich ihn an, die Kontrolle zu übernehmen, mich zu vervollständigen und mir so die Chance zu geben, zu überleben.

Der Portalhüter begann, diese gruselige Melodie zu pfeifen, die ich in so vielen meiner Albträume gehört hatte. Er nahm mich mit in die Hölle, brachte mich auf die Erde und wieder zurück. Meine Seele berührte seine Aura und schmeckte all seine schlechten Taten und bösartigen Gedanken. Dadurch wurde mein Verlangen nach Gerechtigkeit geschürt, die ich durch seinen Tod herbeiführen würde.

Er wird sterben.

Ja.

Sofort.

Ja.

Ich drückte mit dem Daumen auf meinen Ring und schob den Stein beiseite, wie Xai es mir gezeigt hatte. Es war so einfach und so perfekt.

Es ist so weit.

Ja.

Ich öffnete die Lider einen Spaltbreit und war dankbar für das gedämpfte Licht, an das sich meine Augen nach so langer Zeit erst wieder gewöhnen mussten. Wann hatte ich das letzte Mal etwas anderes als die Innenseite meiner Lider gesehen?

Ich blinzelte einmal. Zweimal. Ich befand mich eindeutig in der Hölle. Daran gab es keinen Zweifel.

Der Portalhüter stand etwas abseits und pfiff weiter vor sich hin, während er den Blick auf sein Handy gerichtet hatte. Ich überlegte, ob ich ihn vorwarnen sollte, nur um den erschrockenen Ausdruck in seinen Augen zu sehen, bevor ich zuschlug, doch ich wollte nicht riskieren, dass er sich davonteleportierte, bevor meine Reflexe zum Leben erwacht waren. Ich spannte die Finger an und hob den Arm.

Dann schlug ich zu.

Ich steckte all meine Kraft in diese eine Bewegung. Ich hatte den Ring nach außen gewinkelt und stöhnte auf, als ich damit seinen Arm traf. Ich hatte zwar seinen Hals anvisiert, doch bis dahin hatte ich es nicht geschafft.

»Scheiße!« Er sprang zurück, aber es war zu spät.

Die Spritze hatte seine Haut durchstochen und das Silber war in seine Blutbahn eingedrungen. Es würde vielleicht nicht ausreichen, um ihn zu töten, doch es war genug, um ihn außer Gefecht zu setzen.

Seine Knie gaben nach und er presste den Arm an seine Brust. »Miststück!«

Ich wollte etwas erwidern, konnte es aber nicht. Anstatt es weiter zu versuchen, zwang ich mich, mich aufzusetzen, denn ich wusste, dass die Zeit knapp wurde. Es waren vielleicht drei oder vier Minuten vergangen, seit Grant gegangen war. Er würde jeden Moment zurück sein.

Ich muss aufstehen.

Ich schluckte – oder versuchte es zumindest – und schwang meine Beine von der harten Matratze.

Komm schon, Eve.

Es würde wehtun, und zwar sehr. Glücklicherweise hatte Kalida dafür gesorgt, dass ich eine hohe Schmerztoleranz hatte.

Ich hielt mich so gut ich konnte am Bett fest und verlagerte das Gewicht langsam auf meine Füße, wobei ich fast gestürzt wäre.

Wann war ich das letzte Mal ein paar Schritte gegangen, geschweige denn hatte aufrecht gestanden?

Es spielte keine Rolle, denn ich war jetzt in der Lage dazu. Ich musste es schaffen. Ich musste verdammt noch mal hier raus.

Meine Beine zitterten. Ich biss die Zähne zusammen und zwang mich, die Schmerzen zu ertragen, während ich inständig hoffte, dass meine Muskeln stark genug waren, um mein Gewicht zu tragen.

Sammy der Tote lag reglos auf dem Boden. Sein Gesicht war zwar blass, aber er lebte noch, denn tote Dämonen zerfielen zu Asche. Wenigstens schrie er nicht.

Ich stieß mich vom Bett ab, verlagerte mein ganzes Gewicht auf die Füße und stellte fest, dass ich stabil aufrecht stand. Ich warf einen Blick auf den Portalhüter und sah, dass er keine brauchbaren Waffen bei sich trug.

Hinter ihm fiel mir eine Reihe glänzender Messer ins Auge. Auf dem Tisch lag ein Satz frisch gereinigter Folterwerkzeuge. Vielleicht hatten sie ihn für den Dargarianer bereitgelegt, damit er mich quälen konnte, während er meinen Körper schändete?

Der Gedanke trieb mich an und ich trat entschlossen einen Schritt nach vorn. Ich ließ einen weiteren folgen, und dann noch einen, bis ich direkt neben der Ansammlung hübscher Spielzeuge stand. Ich rollte die Schultern zurück und fühlte mich von Minute zu Minute stärker, dann nahm ich ein Messer von dem Tablett.

Der Tod brach an die Oberfläche, reckte die Flügel und lächelte.

Lasst uns spielen.

KAPITEL 7

Würdest du gern mit dem Tod tanzen?

Grant ließ sich wirklich verdammt viel Zeit. Ich blickte mich kurz im Raum um und stellte fest, dass es hier keine Überwachungskameras gab, was bedeutete, er konnte nicht wissen, dass ich aufgewacht war.

Was hast du vor, Nephilim?

Ich drehte die Klinge zwischen den Fingern und freute mich darüber, dass meine motorischen Fähigkeiten zurückgekehrt waren. Meine Muskeln zuckten zwar protestierend und mein Körper war noch immer schlaff, doch das Adrenalin schoss mir mit Wucht durch die Adern.

Der Tod rief nach mir. Er wollte spielen.

Ich neigte den Kopf zur Seite und überlegte, wie ich Grant ermorden könnte. Es war schon eine Weile her, dass ich jemanden getötet hatte. Ich würde ihn als mein erstes Opfer willkommen heißen.

Wieder wirbelte ich das Messer herum, wobei ich die Finger diesmal noch schneller bewegte.

Das Geräusch von Schritten ließ mich innehalten und ich verzog die Lippen zu einem Lächeln.

»Tut mir leid, Kalida wollte einen vollständigen Bericht. Sie ist bereits an unserem nächsten Standort und fertigt die Bieter ab, um …«

Ich schnitt Grant das Wort ab, indem ich das Messer nach ihm warf und ihn mitten ins Herz traf, noch bevor er den Raum betreten konnte.

»Volltreffer«, zischte ich. Meine Kehle war wie ausgedörrt, da ich sie so lange nicht benutzt hatte.

Die Spritze glitt ihm aus der Hand und landete mit einem Klirren auf dem Betonboden. Der Laut war Musik in meinen Ohren. Grant fiel daneben auf die Knie, wobei er vor Schreck die Augen aufriss, als er mich vor sich stehen sah. Da er ein Nephilim war, würde die Wunde nicht ausreichen, um ihn zu töten. Nein, ich musste ihn auf weitaus brutalere Weise hinrichten. Aber blieb mir genügend Zeit?

Er kippte mit einem leisen Aufprall zur Seite, wobei er mit den Lippen unverständliche Worte formte. Die Szene bot einen wunderbaren Anblick, doch es war viel weniger grausam, als er verdient hatte.

Im Nachhinein betrachtet hätte ich ihn zwar außer Gefecht setzen sollen, ohne ihm jedoch die Fähigkeit zu sprechen zu nehmen, denn jetzt wusste ich nicht, wie ich aus diesem buchstäblichen Höllenloch herauskommen sollte. Und natürlich war der Portalhüter ebenso nutzlos.

Gute Arbeit, Eve.

Besser als auf diesem Tisch zu liegen.

Da hast du auch wieder recht.

Nun, jetzt gab es kein Zurück mehr. Ich nahm ein weiteres Messer und rammte es Grant zielsicher in den Schädel, genau zwischen die Augen – als Vergeltung für das, was er Xai angetan hatte –, und lächelte, als der Volltrottel bewusstlos auf dem Boden liegen blieb.

Ich schnappte mir die drei verbleibenden Skalpelle und ein kleineres Instrument mit scharfen Kanten an beiden Seiten und steckte den Kopf in den bräunlich schimmernden Flur.

Er war leer, was mich nicht überraschte. Kalida und ihre Lakaien hatten ganze Arbeit geleistet, um mich vor allen zu verstecken, die nichts mit ihrer beschissenen Operation zu tun hatten. Doch wenn der Dargarianer sie hier treffen sollte, dann stand ihm entweder ein Eingang offen oder er wurde von einem Portalhüter eskortiert. Wie dem auch sei, ich würde diesen Fluchtweg nutzen.

Meine Beine krampften sich bei jedem Schritt zusammen, mein Magen rebellierte gegen die Falschheit dieser Dimension. Aber ich musste verdammt noch mal hier raus und einen Weg in einen anderen Teil der Hölle finden, um in ein Reich zu gelangen, in dem ich jemanden kannte.

Xai.

Ashmedai.

Zebulon.

Tax.

Remy.

In diesem Moment würde ich mich sogar mit Bael zufriedengeben. Irgendjemandem.

Am Ende des Flurs erreichte ich eine Tür, aber ich wusste, dass ich ihr nicht trauen sollte. Die Hölle liebte Täuschungen und Tricks. Nein, ich musste einen Ausgang finden, der unauffälliger und schlichter war.

Die tief hängenden Lichter schienen sich alle zu ähneln und ich konnte nirgendwo ein Flackern oder einen anderen Hinweis auf etwas Ungewöhnliches erkennen. Die

Lehmwände waren glatt und eben und totes Gras säumte den Boden.

Wo seid ihr?

Ich ging noch ein paar Schritte weiter und suchte nach irgendwelchen Mustern an den Wänden, konnte jedoch nichts finden.

Komm schon, komm schon, komm schon.

Es musste hier irgendwo sein. Ein unförmiger Grashalm vielleicht oder … dieses Unkraut. Raffiniert. Es steckte im Boden und war unter dem braunen Torf fast gänzlich verborgen, aber es befand sich definitiv unter meinen Füßen. Ich bückte mich, um mit dem Finger darüber zu streichen, und schnappte nach Luft, als ich von einer Spirale aus Ranken gepackt wurde.

Die Pflanze wickelte sich um meine Haut, schlang sich drehend und windend um meinen Körper und erstickte mich zwischen den Blättern.

Scheiße.

Genau deshalb hasste ich die Unterwelt. Sie bestand nur aus Irrwegen und Rätseln und man hatte nie die Möglichkeit, einfach durch eine Tür nach draußen zu treten.

Ich nahm das Skalpell und durchschnitt die Ranke, die sich daraufhin zischend und stöhnend zurückzog. Ich landete auf der Erde unter einer Baumkrone, über der zwei rote Sonnen hingen. Ich hatte keine Ahnung, in welches Reich ich gerade eingedrungen war.

Ich schloss für einen Moment die Augen, denn mein Körper schmerzte von der Anstrengung.

Xai, flüsterte ich und sehnte mich nach seiner chaotischen Energie. *Es tut so weh.*

Wo bist du? Es war immer die gleiche Frage. Man sollte meinen, dass meine Fantasie mir ab und zu eine andere

Formulierung erlauben würde, doch es sah ihm viel zu ähnlich, diese drei Worte zu äußern.

Zwei rote Sonnen, antwortete ich. *Ich bin so müde.*

Du musst durchhalten.

Ich versuche es. Mein Gott, es schmerzte, diese Worte überhaupt zu denken. Er hatte keine Ahnung, wie sehr ich mich bemühte. Wo war er? Suchte er auf der Erde nach mir? Oder befand er sich in der Hölle? Wusste er, wie sehr ich darum kämpfte, zu ihm zurückzukehren? Unsere Beziehung bestand zwar schon seit langer Zeit, aber sie fühlte sich in vielerlei Hinsicht noch bemerkenswert frisch an.

Ich bin geflohen, Xai. Ich wollte, dass er diese Worte hörte und wusste, dass ich endlich einmal etwas richtig gemacht hatte. Er würde so stolz auf mich sein. Bei dem Gedanken hätte ich fast gelächelt.

Du musst dich in Bewegung setzen.

Ja, ich weiß.

Nein, ich meine, du musst aufstehen. Und zwar sofort.

In einer Minute. Ich wollte mich nur noch einen Moment ausruhen. Ich gähnte. Hier konnten sie mich nicht finden, zumindest nicht so bald. Ich wusste nicht einmal, wo ich war.

Evangeline!

Ich liebe dich …

Vielleicht würde ich von ihm träumen. Oh, das hörte sich herrlich an. Ich wollte schlafen. Tief im Inneren rief eine Stimme mir warnend zu, dass ich mich bewegen, fliehen und dieses Reich verlassen sollte … Aber mir gefiel es hier. Die Wärme. Der Geruch von Erde. Mm. Es war wirklich angenehm. So gut hatte ich mich schon lange nicht mehr gefühlt.

Träume mit mir.

Oh, das hörte sich gut an.

Steh auf!

Warum eigentlich? Dieses Bett fühlte sich viel einladender an.

Wovon sollen wir träumen?

Von Xai.

Tu das nicht. Wach auf!

Solch ein Chaos. Ich wurde von Verwirrung und Sorge gepackt.

Ich hob schläfrig die Lider und nahm meine dunkler werdende Umgebung in Augenschein. Was ist mit den Bäumen und der Sonne geschehen? Sie waren in dicke Wolken gehüllt.

Ich blinzelte erschrocken.

Was zum Teufel ist passiert?

Alles um mich herum verfärbte sich und hüllte mich in Schwarz- und Brauntöne, wobei die Luft eiskalt war.

Meine Gliedmaßen waren von Moos umschlungen, das mich am Boden festhielt, während ein unheimlicher Schatten über mir lauerte.

Meine Waffen waren verschwunden.

Mein Körper war gefangen.

Und mein Herz war vor Angst wie erstarrt.

Ich war von einem Albtraum zum nächsten gestolpert.

Das durfte nicht wahr sein.

Eine Träne rann mir über die Wange, als ich ein grausames Lachen hörte.

Ich hasste dieses Reich. Diese Existenz. Diese Welt.

»Nein«, flüsterte ich. »Nicht auf diese Weise.« Nicht nach allem, was ich gerade überlebt hatte. Hier gefangen zu sein, von diesem Ding, auf dem Spielplatz der Hölle … es war einfach nicht fair. Es wunderte mich nicht, dass mich das Schicksal auf diese Weise ins Bockshorn jagte, denn es war ein verdammtes Miststück!

Ich stemmte mich so fest ich konnte gegen die Fesseln, aber sie bewegten sich nicht. Sie knackten nicht einmal.

Der Schatten kam immer näher und erdrückte mich Zentimeter für Zentimeter. Er war so kalt. So, so kalt.

Schlaf nicht ein. Ich hörte wieder Xais Stimme. *Du darfst verdammt noch mal nicht einschlafen.*

Ich fühlte mich weder schläfrig noch erschöpft, sondern vielmehr besiegt. Nach allem … Oh, verdammt, ich hatte nicht einmal die Energie, darüber nachzudenken.

Nichts davon spielte eine Rolle.

Nicht mehr.

Ich liebe dich, Xai. Ich hatte keine Ahnung, ob er mich hören konnte, aber ich hoffte, dass er es tat. Ich hoffte, dass diese Verbindung zur Abwechslung echt war. *Ich liebe dich so sehr.*

Wage es nicht, dich zu verabschieden, Evangeline. Halte durch. Tu es für mich.

Mir stiegen die Tränen in die Augen, während ich nach Luft rang. Ich konnte mich nicht bewegen und kaum noch atmen … *Ich sitze in der Falle, Xai.*

Ich komme.

Ich wünschte, es wäre wahr. Aber es war trotzdem ein schöner Gedanke. Mein Verstand wollte mich ein letztes Mal beruhigen. *Es tut mir so leid, Xai. Es tut mir so leid, dass wir so viel Zeit vergeudet haben. Ich liebe dich.*

Hör auf. Wenn du jetzt aufgibst, werde ich dich eigenhändig töten.

Ich hätte fast gelacht. Es sah Xai ähnlich, mir jetzt, in meinen letzten Minuten, auch noch zu drohen. *Ich sehe dich genau vor mir.*

Ich bin hier.

Ein Teil von dir wird immer bei mir sein.

Evangeline!

Ich liebe dich, Xai … für immer … bis in alle Ewigkeit … vergiss mich nicht.

KAPITEL 8

Das Chaos lauert in den Schatten

Zum ersten Mal in meinem langen Leben geriet mein Herz ins Stottern. Ich spürte, wie Evangelines Energie aus unserer Verbindung schwand und ihr Leben direkt vor mir entwich.

Evangeline!

Keine Antwort.

»Da!«, rief Tax in den chaotischen Strudel der Höllenreiche hinein.

Remy hielt an und entließ uns in das Schattenreich. Hierher wurden die Dämonen zum Sterben geschickt. Die Wesen hier nährten sich von der Essenz der Lebenden und saugten ihre Beute genauso aus wie ein Sukkubus einen Sterblichen.

»Ich kann nicht hierbleiben«, sagte Remy, dessen Atmung sich bereits verlangsamte. »Xai …«

»Nimm den Fährtensucher mit. Ich komme schon zurecht.«

»Aber du kannst nicht …«

»Geht schon!«, verlangte ich, als ich die Flügel ausbreitete und mich in die verrauchte Luft aufschwang.

Ich konnte mich nicht auch um sie kümmern, denn ich musste Evangeline finden. Ich konnte ihre Stimme nicht mehr hören, denn ihr Leben hing am seidenen Faden.

Wenn ich sie fand, würde ich ihr den Hals umdrehen.

Außerdem würde ich sie bis in alle Ewigkeit umarmen und sie nie wieder loslassen.

Hatte Kalida sie hier zum Sterben zurückgelassen? Nachdem ich fast ein Jahr lang versucht hatte, mich wieder mit Evangelines Geist zu verbinden und sie zu finden, hatten wir endlich die Aura ihres Rings aufgespürt. Tax hatte mir den Standort in dem Moment übermittelt, in dem meine Seele mich gerufen hatte.

Ich durchbrach die gespenstischen Wolken und rief das Chaos dieses Reiches an, meinen Flug zu beschleunigen, während ich den Boden nach einem Zeichen von Evangeline absuchte.

Wo bist du, Liebes?

Keine Antwort.

Tu mir das nicht an. Nicht nach allem, was wir durchgemacht haben.

Sie musste überleben. Ich brauchte sie.

Ihre Seele versuchte, sich verzweifelt an der meinen festzuhalten, während ihre Essenz mit allen Mitteln darum kämpfte, sie am Leben zu halten. Ich sandte all die Energie, die ich aufbringen konnte, durch das Band und befahl ihr zu überleben. Ich durfte sie nicht verlieren. Nicht auf diese Weise.

Ein Ansturm von negativer Energie versuchte, meine Aura zu durchstechen, als die Schatten sich an mich krallten, um mich hinunterzuziehen, doch meine Blutlinie der Erzengel verlieh mir die Energie, die ich brauchte, um sie mit Leichtigkeit zu zerschneiden.

Dort!

Ich erblickte eine dichter werdende Wolke aus Smog, die sich über die Bäume legte.

Ich flog darauf zu, wobei meine Flügel nach der abrupten Wendung protestierend glühten. Ich nahm all meine Kräfte zusammen, stürzte mich auf die dunkle Masse und spaltete sie in der Mitte.

Schreie erfüllten die Luft, als die Schattendämonen verärgert beiseite stoben, doch ich konzentrierte mich nur auf die Strähnen blonden Haars, die sich unter ihnen im Boden verwoben hatten. Ein kräftiger Schlag meiner Flügel ließ die Kreaturen zurückweichen und ihr wütendes Geschnatter nahm einen verängstigten Unterton an.

»Verschwindet.« Ich ließ die gesamte Macht meiner Herkunft in diesem einen Wort mitschwingen. Ich mochte ein Wesen des Himmels sein, aber mein Geburtsrecht stellte mich über dieses Herrschaftsgebiet. Durch ein Aufflackern meiner Flügel ergriffen sie alle die Flucht, wobei ihr Schreck meine Energieschilde nährte und den Erzengel in meinem Inneren zum Leben erweckte.

Elektrizität vibrierte unter meinen Fingerspitzen, als ich die Hände über Evangeline schweben ließ und im Geiste die Ranken und Sträucher löste, die sie an die Erde gefesselt hatten. Sie zogen sich auf meinen Befehl hin zurück und enthüllten ihre zerbrechliche, blutige Gestalt, die so viel dünner war, als sie sein sollte.

Ich hob sie in meine Arme.

»Ich bin hier, Liebes«, murmelte ich, als meine Flügel uns nach oben trugen. »Ich bin hier.«

Sie bewegte sich nicht.

Sie atmete nicht.

Ihr Herz schlug nicht einmal.

Meine Seele liebkoste die ihre und drängte sie, durchzuhalten und mir zu glauben, dass ich alles wieder in Ordnung bringen würde. Sie durfte uns nicht aufgeben.

Doch sie brauchte mehr, als die Hölle und die Erde ihr geben konnten. Sie brauchte die himmlische Energie, um zu überleben.

Feuer umhüllte unsere Wesen und verbrannte meine Federn zu Asche, als ich uns zwischen den Dimensionen teleportierte. Nur die mächtigsten Seelen waren in der Lage, den Aufstieg von der Hölle zum Himmel zu überstehen. Die meisten wagten es nicht, weil es sie viel zu viel Energie kostete, doch wir hatten keine andere Wahl. Evangelines Licht war fast erloschen und ihr Körper zu zerbrechlich, um an einem anderen Ort heilen zu können.

Raphaela.

Ich wiederholte den Namen immer wieder in Gedanken, um ihn telepathisch gen Himmel zu schicken, während wir aufstiegen. Ich wusste, dass jemand mich hören und die Frau finden würde, die uns helfen konnte. Die Mutter von Evangeline, der Engel der Heilung.

Mein Rücken schrie vor Schmerzen, als meine Flügel sich erneuerten und durch meine Haut bohrten. In dem Moment, in dem meine Seele zu Hause war, erwachten sie zum Leben.

Evangeline blieb jedoch schlaff in meinen Armen liegen, denn ihr Körper war zu schwach, um seine Gestalt zu verändern und die Form anzunehmen, die ihr von Geburt aus zustand. Bei dem Gedanken verspürte ich einen Stich im Herzen und wurde von der Angst gepackt, dass ich diese wunderschönen violetten Federn nie wieder im Flug sehen würde.

»Xai!« Die Stimme meines Vaters ertönte aus der Ferne, als ich unsanft auf der Oberfläche des Himmels aufkam, wobei das dichte Gras unseren Sturz abfederte.

Ich rollte mich auf den Rücken und drückte Evangeline fest an meine Brust.

Der Wind rauschte durch die Luft, als mehrere Engel

um uns herum landeten. Der Anführer hatte dunkelbraune Flügel mit einer Spannweite, die meiner eigenen gleichkam. »Was ist passiert?«, wollte mein Vater wissen.

»Schattenreich.«

»Wie lange?«

Ich schüttelte den Kopf. »Ich weiß es nicht. Stunden, vielleicht sogar Tage.« Die Zeit in der Hölle entzog sich jeder Vernunft, und wer wusste schon, was Evangeline durchgemacht hatte, bevor Kalida sie in der Einöde abgesetzt hatte.

Wieder ertönte das Rascheln von Federn, als Raphaela neben meinem Vater landete und den Blick aus ihren grauen Augen auf ihre Tochter richtete. Anmutig sank sie auf die Knie und legte die Hände an Evangelines Gesicht, ihre Schultern und ihre Arme und schob sie in Position, bis sie mit dem Rücken auf meiner Brust lag und ihr Kopf knapp unter meinem Kinn ruhte. Ich legte die Hände an ihre Hüften und zog sie fest an mich, während ich mich weigerte, sie loszulassen und sie zu verlieren.

Komm zurück zu mir, Liebes, flüsterte mein Herz. *Bitte!*

Raphaela hatte einen gequälten Ausdruck im Gesicht und ihre Lippen bebten, als sie die Stirn auf Evangelines blutüberströmte Brust senkte.

»So viel Schmerz«, zischte sie. »So viel zu heilen.« Die Worte klangen wie ein Krächzen, das die warme Luft durchschnitt, während alle anderen schweigend zusahen, als der einzige Engel, der in der Lage war, Evangeline zu heilen, sich auf ihre Aufgabe konzentrierte.

Wage es nicht aufzugeben, knurrte meine Seele. *Du weißt, ich werde dir folgen, Evangeline. Ich bin dir immer gefolgt.*

Plötzlich spürte ich einen Funken, der unser Band durchzuckte. Er war zwar im Nu wieder verschwunden, aber er war definitiv da gewesen.

Ich schloss die Augen und schmiegte den Kopf an

ihren. *Hörst du mich, Evangeline? Du wirst nicht aufgeben. Du wirst kämpfen. Andernfalls werde ich dir folgen und dich noch einmal umbringen.*

Wieder wurde ich eines Kribbelns gewahr, das durch unsere Verbindung strömte.

Ich krallte mich in ihre Hüften, während mir mein Herz bis zum Hals schlug. *Mehr, Evangeline, du musst mir schon mehr geben.*

»Sprich weiter mit ihr«, sagte Raphaela leise. »Ich kann fühlen, dass sie darauf reagiert.«

Du reagierst auf deine Mutter, aber nicht auf mich? Ich bin beleidigt, Liebes. Ich dachte, wir wären Gefährten.

Ein mentaler Laut, der einem Schnauben ähnelte, hallte durch meinen Geist und liebkoste meine Seele.

Da musst du dich schon mehr ins Zeug legen, Liebling. Mir ist klar, dass du aus der Übung bist, weil du im Ruhestand bist, aber ich habe schon immer hohe Erwartungen an dich gestellt. Und jetzt hör auf mit dem Scheiß und komm zurück zu mir, bevor ich wirklich wütend werde.

Ein Anflug von Verärgerung war durch das Band zu spüren. Ich wusste nicht, ob sie aufrichtig oder nur gespielt war, doch ich hielt daran fest und verspottete meinen Engel auf eine Weise, von der ich wusste, dass sie eine Reaktion bei ihr hervorrufen würde.

Ist das alles, was du kannst, Schätzchen? Denn ich bin wirklich enttäuscht. Was ist aus meiner kriegerischen Gefährtin geworden? Hast du etwa auch deinen Tötungsdrang verloren?

Ein leises Knurren drang in meine Gedanken ein. *Du* … Ihre mentale Stimme war zwar schwach und doch so real. Ich hielt sie fest, als ginge es um mein eigenes Leben.

Was ist mit mir? Ich ließ einen spöttischen Unterton in meiner Stimme mitschwingen, der meine innere Unruhe allerdings Lügen strafte. Hast du endlich etwas zu sagen?

Dich … töten …

Und wie willst du das anstellen, Liebes? Indem du schwach und bewusstlos liegen bleibst? Ich denke nicht, dass du damit Erfolg haben wirst.

… Arsch …

Ich lächelte. *Du liebst es doch.*

… habe dich vermisst …

Meine Belustigung war schlagartig wie weggeblasen und wich dem tiefen Schmerz, den ich fast ein Jahr lang versucht hatte zu unterdrücken. *Ich habe dich auch vermisst, Evangeline. So sehr. Bitte komm zurück zu mir.*

Als sie nicht sofort antwortete, hielt ich den Atem an. *Bettle ruhig weiter. Es gefällt mir.*

Ich lachte laut auf und schmiegte meine Lippen an ihr Haar. *Du freches Luder.*

Mm … du liebst es.

Ich verzog die Lippen zu einem Lächeln, als sie meine Worte wiederholte. *Das tue ich, Liebes. Verlass mich nicht.*

Niemals.

Denn ich werde dir folgen, versprach ich ihr. *Du wirst mir nie entkommen.*

Ich weiß.

Gut. Ich gab ihr einen Kuss auf den Kopf und entspannte mich ein wenig. *Ich werde dich nie wieder loslassen, Evangeline.*

Okay, flüsterte sie, als ihre Seele sich an die meine schmiegte. *Ich liebe dich auch.*

Ich seufzte und ließ die Wange an ihrem verfilzten Haar ruhen. Obwohl ihre Stimme mittlerweile kräftiger war, war ihr Körper noch immer zerbrechlich und gebrochen. Sie hatte noch einen langen Heilungsprozess vor sich.

»Sie wird wieder gesund werden«, murmelte Raphaela und bestätigte damit, was mein Herz bereits wusste. »Gib ihr einfach weiter Kraft, Xai. Euer Band hält sie am Leben.«

»Nein«, sagte ich mit sanfter Stimme und schlang die Arme um Evangelines Taille, »ihre Kriegerseele hält sie am Leben, ich bin nicht mehr als ihr Anker.«

* * *

Ich strich Evangeline sanft die Strähnen von der Stirn. *Ich bin hier.*

Seit drei Tagen hatte sie sich weder bewegt noch in anderer Weise reagiert, nicht einmal, als ich sie gebadet und angekleidet hatte. Raphaela hatte mir gesagt, dass es mindestens eine Woche dauern würde, bis Evangelines Geist vollständig geheilt war, denn die Schattenwesen hatten sich ausgiebig an ihrem engelsgleichen Licht ergötzt.

Ein leises Rauschen hallte durch die Luft, kurz bevor mein Vater neben mir auf dem Balkon erschien, wobei er jedoch seine schwarz-braunen Flügel weit ausgebreitet hatte, um die Marmorterrasse nicht zu berühren. Seine Vorliebe für Eleganz widersprach unserer vom Chaos bestimmten Herkunft, wobei er es wahrscheinlich genau aus diesem Grund tat.

Ich erhob mich und meine eigenen Federn streiften über den Marmorboden, als ich nur mit einer schwarzen Jeans bekleidet vor ihm stand. Hätte ich gewusst, dass wir Besuch erwarteten, hätte ich mich vielleicht dem Anlass entsprechend gekleidet. Aber vielleicht auch nicht. »Vater.«

»Ich habe gerade mit Azrael gesprochen.« Er verzichtete auf eine Begrüßung und erkundigte sich auch nicht nach Evangelines Wohlbefinden. Stattdessen kam er gleich zur Sache. Typisch Mietek. »Bisher gibt es nichts

Neues über Kalidas oder Grants Aufenthaltsort, was uns vermuten lässt, dass sie sich irgendwo in der Hölle verstecken. Ashmedai hat uns natürlich auch noch nichts über seine Fortschritte berichtet.«

»Hat er noch nicht herausgefunden, wer ihn verraten hat?« Wie viele Jahre waren in der Hölle vergangen, seit Kalida geflohen war? Vielleicht über tausend? Ich hatte den Überblick über die Zeit zwischen Erde, Hölle und Himmel verloren, und im Moment stand mir der Sinn wirklich nicht nach einer Rechenaufgabe.

»Falls er den Schuldigen gefunden hat, hat er sich nicht dazu herabgelassen, es uns zu verraten. Soweit wir wissen, hat er Kalida bereits geschnappt und nur vergessen, es dem Rest von uns zu erzählen.«

»Das bezweifle ich.« Ich strich mit den Fingerknöcheln über Evangelines warme Wange bis hinunter zu ihrem Hals. »Ashmedai würde an ihr ein Exempel statuieren wollen, doch dazu braucht er Zuschauer. Wir würden es wissen, falls er sie geschnappt hätte.«

»Dem stimme ich zu.« Die leise Antwort wurde vom Wind davongetragen, als Flammen in der Luft aufloderten. Ashmedai trat einen Schritt auf den Balkon, als würde er gerade durch eine Tür kommen, wobei seine Flügel nach dem Teleportieren leicht angesengt waren. Trudy folgte kurz darauf und erschien neben ihm. Ihr Haar war zerzaust und ihre haselnussbraunen Augen ließen das jugendliche Funkeln vermissen, das ich einst gekannt hatte.

Ich wollte gerade fragen, wie lange sie schon in der Hölle war, als mein Vater seine Flügel auf bedrohliche Art ausbreitete und einen Schritt auf Ashmedai zuging.

»Du bringst einen Nephilim mit in den Himmel?«, knurrte er. »Hast du den Verstand verloren?«

Ashmedai neigte den Kopf zur Seite. »Missfällt es dir

etwa, wenn man dir die Früchte deiner Tändeleien auf der Erde vor die Nase hält, Mietek?«

Mein Vater kniff die dunklen Augen zu dünnen Schlitzen zusammen. »Sie ist nicht von mir.« Er sprach die Worte aus, als würden sie einen bitteren Geschmack in seinem Mund hinterlassen.

»Oh, dessen bin ich mir bewusst«, antwortete Ashmedai. »Es ist völlig klar, von welcher Blutlinie sie abstammt.« Ein geheimnisvolles Lächeln umspielte seine Lippen, als er seufzte: »Leider sind wir nicht deswegen hier. Ich glaube, ihr habt gerade über meine Unfähigkeit gesprochen, Kalida zu finden?«

Natürlich hatte er uns gehört. Ich hatte keine Ahnung, wie er es anstellte. Der Erzdämon widersetzte sich weiterhin den Regeln der Machtbereiche und bestätigte meinen Verdacht, den ich schon vor Jahrzehnten über die Energieverschiebung in der Unterwelt hegte. Auch Zebulon hatte zusätzliche Fähigkeiten erlangt.

»Ja, wie wäre es, wenn du uns das näher erläuterst?« Mein Vater klang gelangweilt, aber die Spannung in seinen Beinen verriet mir, dass er überaus wachsam war. Erzdämonen besuchten diese Dimension nur, wenn sie ein hinterhältiges Ziel verfolgten, und Ashmedai schien bei jeder unserer Begegnungen zunehmend bedrohlicher zu sein.

»Sie ist im Moment nicht meine Hauptsorge«, antwortete Ashmedai. »Wir werden sie finden, aber es gibt weitaus dringendere Angelegenheiten, die wir besprechen müssen. Tru, würdest du das bitte weiter ausführen, da du uns zu dieser Reise gedrängt hast?«

Ich erschrak, denn es überraschte mich, dass er sich einem Wesen fügte, das so viel jünger war als er. Als sie jedoch Evangelines liegende Gestalt ohne einen Anflug von

Emotionen betrachtete, konnte ich das tatsächliche Alter ihres Wesens erkennen.

»Hat sie sich denn noch nicht wieder erholt?«, fragte sie. In ihrer Stimme lag ein sinnlicher Tonfall, der von Selbstbewusstsein und Erfahrung zeugte. »Ich hatte gehofft, auch mit ihr sprechen zu können.«

Sie seufzte und verschränkte die Arme vor der Brust, während sie an der Kante eines Abgrunds stand, von dem ich wusste, dass er fünfzehn Stockwerke in die Tiefe reichte. Für ein Wesen ohne Flügel hatte sie sich keinen sonderlich guten Platz ausgesucht, dennoch konnte ich nicht einmal den Anflug von Angst in ihrer Miene entdecken. Vielmehr schien sie abgehärtet, als hätte sie häufig mit schwierigen Situationen zu kämpfen. Sie hatte auch keinen Moment gezögert, als sie hinter Ashmedai durch das Portal getreten war.

Das konnte nur bedeuten …

»Du hast ihr nie erlaubt zu gehen«, sagte ich und begegnete dem Blick des Erzdämons. »Trudy war die ganze Zeit über in der Hölle?« *Wie viele hundert Jahre lang?*

Er verzog die Lippen zu einem Lächeln. »Wir haben eine Abmachung.«

»Tru«, korrigierte sie. »Aber das ist nicht von Bedeutung. Wird Eve wieder gesund?«

»Sie wird überleben«, antwortete ich, während ich die Aufmerksamkeit immer noch auf den Erzdämon gerichtet hatte. »Du hast weder herausgefunden, wer dich verraten hat, noch hast du Kalida aufgespürt. Und warum? Weil du einen Grund gebraucht hast, um dir einen Nephilim wie einen Schoßhund zu halten.«

»Hast du mich gerade als *Schoßhund* bezeichnet?« Trudy, nein *Tru*, klang gereizt. Was zum Teufel war aus dem kleinen Mädchen geworden, das mich immer angehimmelt hatte?

»Vorsicht«, sagte Ashmedai. »Sie kann viel furchterregender sein als ich.«

Ich schüttelte den Kopf. »Das ist doch nicht zu fassen. Warum hat sich Azrael nicht darum gekümmert?« Die Frage war an meinen Vater gerichtet, der sich an den Rand des geländerlosen Balkons gestellt hatte.

»Azrael hat es versucht«, antwortete er. »Tru hat sich geweigert, die Hölle zu verlassen.«

»Wir sind nicht hier, um über mich zu sprechen«, warf sie ein, bevor ich etwas erwidern konnte. »Ich habe etwas entdeckt, worüber wir uns unterhalten müssen.«

Ich betrachtete die Frau, die ich einst aus den Klauen eines Menschenhändlerrings gerettet hatte. Heute war sie eine Kriegerin, die mich jetzt direkt anstarrte. Evangeline würde ihre Verwandlung gutheißen. Oder sie würde Ashmedai töten. Ich war mir nicht ganz sicher.

»Sie erweist uns einen Gefallen, indem sie hier ist«, fügte der Erzdämon hinzu. »Ich schlage vor, ihr hört euch an, was sie zu sagen hat.«

»Also schön.« Mein Vater lehnte sich an die Wand und streckte die Flügel nach oben, während er die Arme vor der Brust verschränkte. »Dann mal raus mit der Sprache, Nephilim.«

KAPITEL 9
Liebste Evangeline. Wach auf. Dein Xai.

Ich stand noch lange auf dem Balkon, nachdem Ashmedai und Trudy gegangen waren, und ließ den Blick über den hellblauen Horizont schweifen.

»Du vermisst es, nicht wahr?«, fragte Raphaela, die neben Evangeline stand. Sie war gekommen, um ihre tägliche Dosis heilende Energie zu verabreichen, wobei dies für sie vielmehr ein Vorwand war, um Zeit mit ihrer Tochter zu verbringen.

Ein Schwarm junger Engel flog aus einer nahe gelegenen Schule auf und ich verspürte einen Stich im Herzen. »Ich vermisse es jeden Tag«, gestand ich leise. »Und Evangeline ebenso.«

»Ich weiß.« Ihre Mutter stellte sich neben mich an den Rand des Balkons, wobei ihre blassweißen Flügel einen starken Kontrast zu meinen tiefschwarzen Federn bildeten. »Doch du bist ihr wahres Zuhause, Xai. Evangeline würde hier nie glücklich sein ohne dich.«

»So wie ich ohne sie weder hier noch an einem anderen Ort je glücklich wäre.« All die Jahrtausende, die ich damit verbracht hatte, sie von mir zu stoßen und sie zu zwingen, *hier* ein besseres Leben zu führen, hatten meiner eigenen Seele geschadet. Ich hatte nie gewollt, dass sie mich verlässt, aber ich hatte mir auch nicht gewünscht, dass sie für mich fällt.

Leider tat Evangeline immer, was sie wollte.

Zum Beispiel tagelang schlafen.

Ich warf einen Blick über die Schulter und schüttelte den Kopf. »Sie muss aufwachen.«

»Sie ist noch nicht so weit.«

»Die Auferstandenen aus der Dunkelheit brauchen uns.«

Raphaela lächelte. »Azrael hat sie gut vorbereitet, Xai. Glaub mir.«

»Hast du ihn in letzter Zeit gesehen?« Ich hatte vorgehabt, ihn zu besuchen, doch ich hatte Evangeline nicht allein lassen wollen. Der Gedanke, dass sie aufwachen könnte, wenn ich nicht bei ihr war … Nein. Das durfte nicht geschehen.

Ich werde dich nie wieder verlassen, Liebes. Nie wieder.

»Ja, gerade heute Morgen, um genau zu sein. Sie werden zurechtkommen. Uns bleibt noch Zeit.« Sie tätschelte meinen Arm. Nur wenige würden es wagen, mich auf diese Weise zu berühren, doch ich war dankbar für die tröstende Geste. »Du und Evangeline, ihr habt so viel für alle anderen aufgegeben. Niemand würde es euch verübeln, wenn ihr eine Pause machen würdet.«

Ich seufzte. »Jetzt ist einfach nicht der richtige Zeitpunkt dafür.« Besonders nach allem, was wir gerade von Trudy erfahren hatten.

»Ich würde sagen, es ist der perfekte Zeitpunkt«, entgegnete Raphaela. »Du hast dich fast dreitausend Erdenjahre lang um alles gekümmert. Lass die anderen ein bisschen Spaß haben, um das Gleichgewicht aufrechtzuerhalten. Auf diese Weise hat Ezra etwas zu tun.«

Ich schnaubte. »Ich bin mir ziemlich sicher, dass er alle Hände voll zu tun hat.« Zumindest hatte ich das gehört. Ich hatte ihn seit ein paar Jahrzehnten nicht mehr gesehen – nicht seit unserer zufälligen Begegnung in der Hölle. Nun ja, das war jetzt nicht wichtig.

»Vielleicht, aber die Göttlichkeit existiert aus einem bestimmten Grund, mein Sohn. Du musst Vertrauen in ihre Absichten haben.«

Mein Sohn. Die liebevolle Bezeichnung brachte mich zum Lächeln. Es hatte eine Zeit gegeben, in der mich diese Frau gehasst hatte. Sie würde es nie zugeben, aber ich hatte es vor all den Jahren gespürt, als sie Evangeline und mich zum ersten Mal zusammen ertappt hatte. Raphaela hatte es damals nicht gefallen, dass ihre Tochter in mich verliebt war. Nicht im Geringsten.

»Oder vielleicht sollten wir das Schicksal für eine Weile die Zügel in die Hand nehmen lassen?«, fügte sie mit einem Funkeln in den Augen hinzu.

Ich lächelte, als sie meine Mutter, den Erzengel des Schicksals, zur Sprache brachte. Sie war gestern Abend mit ein paar von Evangelines Lieblingsbackwaren vorbeigekommen und hatte gesagt, ich würde sie bald brauchen. Ich hatte ihre gespenstisch orakelhafte Aussage dahingehend gedeutet, dass meine Gefährtin definitiv früher als erwartet erwachen würde. Manchmal zahlte es sich aus, eine Mutter zu haben, die die Zukunft voraussagen konnte. Wenn ich doch nur die gleichen Gene geerbt hätte.

Eines wusste ich jedoch mit Sicherheit.

»Wir werden erst eingreifen, wenn Evangeline wieder vollständig geheilt ist«, versprach ich Raphaela. »Doch du weißt, dass sie darauf bestehen wird, ihnen zu helfen.«

Evangeline hatte eine Schwäche sowohl für die Nephilim als auch die gesamte Menschheit, was ich an ihr bewunderte, denn ich fühlte mich ihnen nicht auf die gleiche Weise verbunden.

»Dann ist es deine Aufgabe, sie davon fernzuhalten, bis sie bereit ist.«

Ich verspürte einen Anflug von Belustigung. »Ach, Raphaela, wenn du nur wüsstest, wie unmöglich diese Aufgabe tatsächlich ist.«

»Ach, komm schon, Sohn des Schicksals und des Chaos. Wir wissen beide, dass das nicht wahr ist. Wie nennt meine Tochter dich immer? Einen ›rätselhaften Arsch‹?«

Ich lachte leise. »Das ist einer ihrer Lieblingskosenamen für mich, ja.«

»Dann mach dir genau das zu eigen und nutze es.« Sie zwinkerte mir zu und tätschelte mir wieder den Arm. »Ich komme morgen früh zurück, um nach euch beiden zu sehen. Bis dahin solltest du versuchen, etwas zu schlafen. Außerdem wäre es vielleicht eine gute Idee, dir die Haare zu schneiden.« Sie beäugte meinen Kopf mit einem Ausdruck mütterlicher Missbilligung, bevor sie sich mit flatternden Federn in die Lüfte schwang. »Diese Frisur ist wirklich aus dem letzten Jahrhundert, Xai.«

Ich schüttelte den Kopf und lächelte, als sie aus meinem Blickfeld verschwand. Ich hatte keine Ahnung, wie diese Frau es fertigbrachte, dass ich mich wie ein kleiner Junge fühlte.

»Deine Mutter findet nach all den Jahren immer noch Wege, mich zu tadeln, Evangeline. Und ich dachte schon, du hättest deinen starken Willen von deinem Vater geerbt.« Ich fuhr mir mit den Fingern durch mein langes Haar und zuckte mit den Schultern. »Irgendwie gefällt es mir. Wir werden ja sehen, was du denkst, wenn du aufwachst.«

Mit jedem meiner Worte hoffte ich, dass sie mir antworten würde, doch sie lag nur friedlich da und zeigte keinerlei Anzeichen einer Regung.

Ich legte mich neben sie und zog sie in meine Arme.

»Dieses Leben ist langweilig ohne dich, Evangeline«, flüsterte ich in ihr Ohr. »Komm zurück zu mir.«

* * *

Der Nachthimmel war von Sternen übersät, die viel lebendiger und strahlender schienen als auf der Erde. Ich bewunderte sie mit einer Sehnsucht tief in meiner Seele. Es war nie leicht, von zu Hause weg zu sein, doch es war noch schwerer, daran erinnert zu werden, was ich alles aufgegeben hatte.

Ich legte mich entspannt auf den Rücken ins weiche Gras und breitete die Federn um mich herum aus.

Ein weiterer Tag war vergangen ohne eine Regung von Evangeline. Ich hatte sie in der Hoffnung hierhergebracht, sie irgendwie aus ihrem Koma erwecken zu können, doch sie blieb weiterhin still neben mir liegen, wobei sie meinen Flügel als Kopfkissen benutzte.

»Ich glaube langsam, ich war zu nachsichtig mit dir«, sagte ich leise. »Was ist aus meiner sarkastischen Auftragskillerin geworden?« Ein Teil von mir befürchtete, dass Kalida sie wirklich gebrochen hatte. Der andere Teil wusste, dass Evangeline unzerstörbar war. Sie konnte zwar verletzt werden, aber niemand wäre je in der Lage, sie zu vernichten.

Ich seufzte. »Oh, Liebling, was ich nicht alles mit dir anstellen werde, wenn du endlich aufwachst.« Als Tax mir die Aufnahmen von ihrer Gefangennahme gezeigt hatte,

hatte ich meinen Augen nicht getraut. Sie hatte wirklich gezögert. »Du brauchst eindeutig mehr Training«, knurrte ich, als ich daran zurückdachte. »Er ist direkt auf dich zugegangen, Evangeline.« Ich schüttelte den Kopf. »Was hast du dir nur dabei gedacht?«

Die nächtliche Stille umhüllte uns. Aus diesem Grund hatten wir dieses Feld immer geliebt. Andere entfernten sich nur selten so weit von den großen Städten und zogen die Gesellschaft anderer vor. Dies war unser privater Zufluchtsort, an den wir uns in jungen Jahren oft zurückgezogen hatten, um nicht entdeckt zu werden. Die Beziehung zwischen uns war uns zwar nicht verboten worden, aber man hatte sie missbilligt.

Bei der Erinnerung daran umspielte ein Lächeln meine Lippen und ich musste daran denken, wie wir …

Energie vibrierte durch die Luft und versetzte meine Sinne in höchste Alarmbereitschaft.

Trudys Entdeckung über die Machtverschiebung hatte mich in Aufruhr versetzt. Kriege in der Hölle neigten dazu, auf die anderen Dimensionen überzugreifen, insbesondere auf die Erde, und dadurch wurde das Gleichgewicht gestört. Raphaela hatte mir geraten, auf die Göttlichkeit zu vertrauen, aber ich wusste es besser. Seit Ezra sich mit diesem Halbling, der Erbin von Bael, in die Hölle gewagt hatte, herrschte Unruhe unter ihnen.

Die Härchen auf meinen Armen stellten sich auf, woraufhin ich mich aufsetzte und Evangeline unter meinem Flügel verbarg.

Etwas war im Verzug.

Eine elektrisierende Energie durchströmte meine Adern und nährte sich von dem bevorstehenden Unheil.

Feuer flackerte am Himmel auf. Es war eine Warnung der himmlischen Garde und wie immer war ihre Reaktion auf die Eindringlinge etwas verspätet. Manche Dinge änderten sich nie.

»Xai?« Es war kaum mehr als ein Flüstern.

Ich hob meine Federn und stellte fest, dass Evangeline träge zu mir aufsah.

»Natürlich musstest du ausgerechnet diesen Moment wählen, um aufzuwachen.« Ich hätte fast gelacht, doch ein Gefühl der Angst machte mir das Lächeln unmöglich.

Es konnte kein Zufall sein, dass sie jetzt erwachte. Offenbar zwang ihre Seele sie, sich in Bewegung zu setzen.

»Was …« Sie hustete und schluckte, als ihr die Stimme versagte.

Wumm!

Die Explosion ließ mich aufschrecken und ich richtete die Aufmerksamkeit auf den Lichtblitz, der sich über der Stadt entlud. »Du kannst mich später noch fragen, Liebes.« Ich streckte ihr eine Hand entgegen. »Ich vermute, dass du noch nicht stehen kannst?« Es war eine rhetorische Frage, denn ich wusste nur zu gut, dass sie kaum wach war, geschweige denn in der Lage, sich zu bewegen.

»Xai.« Mein Name klang schmerzverzerrt aus ihrem Mund und als ich die frustrierten Tränen in ihren Augen sah, setzte mein Herz einen Schlag aus.

Schwäche war ihr Kryptonit. Sie hasste es, sich auf jemand anderen als sich selbst verlassen zu müssen. Sie ertrug eher die Schmerzen, als jemanden um Hilfe zu bitten, und nun verabscheute sie die Tatsache, dass sie mich brauchte.

Eine weitere Explosion erschütterte den Boden um uns herum, aber ich konzentrierte mich nur auf sie. Ich kniete mich neben ihr nieder und die Flügel streiften das Gras, als ich ihr Gesicht mit beiden Händen umfasste. »Du bist die stärkste Frau, die ich kenne, und das hartnäckigste Wesen, das mir je im Leben begegnet ist.« Ich presste die Lippen auf ihre Stirn, dann schob ich einen Arm unter ihre Schulterblätter und den anderen unter ihre Knie. »Du bist der Grund meiner Existenz, Evangeline. Das weißt du, nicht wahr?«

Sie nickte an meiner Schulter und keuchte vor Schmerzen, als ich sie hochhob.

»Ich halte dich fest, Liebes.« Ich gab ihr einen Kuss auf den Kopf und hielt einen Moment inne. »Du kannst dich bei mir verstecken. Keiner wird es erfahren. Ich schwöre es.«

Sie nickte wieder und ließ ein Schniefen folgen, das mir einen Stich im Herz versetzte.

Mit einem kräftigen Stoß meiner Flügel flog ich in die Nacht auf, wobei meine dunklen Federn unsere Körper mit dem Himmel verschmelzen ließen. Schüsse und Schreie durchbrachen die Luft und Feuer flammte in der Ferne auf.

Ein Tag im Himmel entspracht mehr als drei Jahrhunderten in der Hölle.

Was zum Teufel war da unten passiert?

War die Erde ins Kreuzfeuer geraten?

Ich flog uns in Richtung der Berge, um den Tumult hinter uns zu lassen, und landete in der Nähe einer Höhle mit Blick auf den Horizont. Evangeline blieb ruhig, doch ihr wachsamer Blick verriet mir, dass sie bei Bewusstsein war.

»Trudy und Ashmedai haben uns gerade erst gestern besucht und uns davor gewarnt, dass so etwas passieren könnte. In der Hölle hat eine Machtverschiebung stattgefunden, die sich wohl schon vor einer Weile angekündigt hat.« Aus diesem Grund hatte Ashmedai aufgehört, nach Kalida zu suchen; ihr Verschwinden verblasste im Vergleich zu den Unruhen in seiner

Dimension. »Die Reiche der Unterwelt haben sich mehr oder weniger bewegt.«

»Wie?«, wollte sie wissen, wobei ihre Stimme nicht mehr als ein heiseres Flüstern war.

»Wir wissen es nicht, aber wir glauben, es ist eine Folge davon, dass die Erzdämonen sich bestimmte einflussreiche Wesen angeeignet haben.« Wie zum Beispiel Ashmedai, der Trudy gefangen hielt. »Sie haben das Gleichgewicht gestört, indem sie einige Geschöpfe des Himmels in die Hölle gebracht haben.« Ich setzte sie auf dem Boden ab und lehnte sie gegen die Höhlenwand.

Die Schlacht in der Ferne drang kaum an unsere Ohren, doch die Empfindungen, die damit einhergingen, übermannten mich und riefen meine Seele an einzugreifen.

»Geh.« Trotz ihrer rauen Stimme konnte ich den gebieterischen Unterton heraushören.

Ich lächelte. »Ich kann dich nicht verlassen, Liebes.«

Sie kniff ihre wunderschönen blauen Augen zu dünnen Schlitzen zusammen. »Sofort.«

Trotz der Situation, in der wir uns befanden, entfuhr mir ein leises Lachen. »Sogar halb tot versuchst du noch, mich herumzukommandieren. Es ist wirklich bewundernswert, wenn man bedenkt, dass du, selbst wenn du in Höchstform bist, damit nur selten Erfolg hast.«

Evangeline durchbohrte mich mit einem düsteren Blick. »Xai.«

Die Zurechtweisung belustigte mich nur noch mehr. »Deine Mutter hat mir gesagt, dass die anderen sich darum kümmern können, und ich habe versprochen, mich nicht einzumischen, bis du vollständig geheilt bist. Ich habe ihr allerdings auch gesagt, du würdest niemals zulassen, dass ich nur deinetwegen hierbleibe. Offenbar hatte ich damit recht.«

»Geh«, wiederholte sie und ihre Stimme klang auf geheimnisvolle Weise wie ein Knurren.

Ich ging in die Hocke, um ihr direkt in die Augen zu blicken. »Versprich mir, dass du nicht versuchen wirst, diese Höhle zu verlassen, bis ich zurückkomme.«

Sie schnaubte – oder versuchte es zumindest. »Ich habe keine Flügel.«

Ja, das hatte ich bemerkt. Es war seltsam, dass sie ohne Federn aufgewacht war. Zumindest war es ein Anzeichen dafür, dass ihr Körper noch heilen musste. »Versprich mir, dass du hierbleibst.« Ich wusste, dass die fehlenden Flügel sie nicht davon abhalten würden, es zu versuchen. »Ich kann nicht losziehen, solange ich mir Sorgen um dich machen muss, Evangeline.« Ich hielt ihr Kinn zwischen Daumen und Zeigefinger und zwang sie, mir in die Augen zu sehen. »*Du* bist mein Schwachpunkt.« Das war sie immer gewesen und würde sie immer sein.

Sie schluckte und ihr Blick trübte sich. Schließlich nickte sie. »Versprochen.«

»Gut.« Ich küsste sie viel zu flüchtig und stand auf. »Ich tue das nur für dich, Liebes.«

Wieder stieß sie ein halbherziges Schnauben aus. »Lügner.«

Ein Lächeln umspielte meine Lippen, als ich sie wieder ansah. »Ich lüge nie.« Ich tat es tatsächlich nur für sie, aber das hieß nicht, dass ich es nicht auch genießen würde. »Du solltest besser hier sein, wenn ich zurückkomme, Evangeline.« Ich wollte eine Drohung auf diese Worte folgen lassen, doch ich ließ sie unausgesprochen zwischen uns in der Luft hängen, bevor ich rückwärts vom Felsvorsprung trat und mich in die Lüfte schwang.

Zeit zu spielen.

KAPITEL 10

Ein Heidenspaß, für den wir Xai zu danken haben

Ein Zyklop im Himmel.

Es klang wie die Pointe eines schlechten Witzes, aber niemand lachte, als das riesige, einäugige Biest durch eines der drei geöffneten Portale stolperte, die direkte Verbindungen zur Hölle darstellten. So etwas hatte es noch nie gegeben und es erklärte die seltsamen Explosionen. Wer auch immer diese Tore geschaffen hatte, war wohl lebensmüde, denn ich würde den Übeltäter umbringen, wenn ich ihn zwischen die Finger bekam.

»Nach oben!«, rief mein Vater und deutete auf eine Horde geflügelter Dämonen, die sich in den Himmel erhoben.

Aasgeier.

Ich wusste nicht einmal, dass sie außerhalb der Unterwelt existieren konnten. Sie waren viel größer als ihre irdischen Gegenstücke. Ihre Flügel waren so breit wie die meinen und sie verfügten über einen humanoiden Körper und einen bösartigen Schnabel, aus dem sie lähmendes Gift auf ihre Beute schossen.

Evangeline hasste die Schleicherdämonen.

Ich hasste die Aasgeier.

Es wunderte mich nicht, dass mein Vater mich damit beauftragte, mich der Arschlöcher anzunehmen.

Ich schnappte mir einen silbernen Speer und ein Schwert aus der Waffenkammer und schwang mich in die Lüfte. Es waren insgesamt sieben, die alle in ihrer gruseligen krächzenden Sprache miteinander kommunizierten.

Das einzig Positive war, dass sie sich zu einem Schwarm formiert hatten, sodass ich nur ein einziges Ziel anvisieren musste.

Ich beobachtete ihr Flugmuster und richtete meinen Speer aus. Zumindest waren diese Dämonen berechenbar.

Mein Speer schoss mit einer Präzision durch den Himmel, auf die Evangeline stolz gewesen wäre. Ein wütendes Kreischen durchzog die Luft, als drei der Geier ihr Schicksal ereilte und sie mitten im Flug zu Asche zerfielen.

Ihre Kameraden stürzten sich auf mich und spuckten schwarzen Schleim aus ihren Schnäbeln.

Es wäre keine schlechte Idee gewesen, einen Schutzschild mitzubringen.

Beim nächsten Mal.

Ich legte die Flügel an und schoss in einer Abwärtsspirale nach unten, als ich ihrem Gift auswich. Eine Klinge war eine viel elegantere Waffe. Meine glitzerte im Mondlicht, während das Silber förmlich danach lechzte, einen Dämonen abzuschlachten.

Ich rollte mich zur Seite und flog hinter dem langsamsten der Geier her, um ihm mit einem einzigen Hieb den Kopf abzuhacken. Sein Kumpel, der sich im falschen Moment umdrehte, war der Nächste.

Es waren noch zwei übrig.

Und sie tobten vor Wut.

Sie spien noch mehr dieser tintenartigen Substanz aus ihren Schnäbeln und zwangen mich, noch einmal im Sturzflug hinabzusegeln, wobei ich den höchsten Gebäuden der Stadt gefährlich nahe kam. Ich hoffte inständig, dass niemand von seinem Balkon aus das Schauspiel beobachtete, denn er würde von einem Klumpen Geiergift getroffen werden.

Die beiden Dämonen folgten mir törichterweise genau wie zuvor, was mir die Möglichkeit gab, hinter ihnen wie hinter ihren Brüder herzufliegen. »Ist das euer Ernst, das hat nicht einmal Spaß gemacht.« Ich erledigte sie beide mit einem sauberen Schwerthieb und seufzte. »So viel zu dieser Party.«

Du verpasst nicht viel, sagte ich im Geiste zu Evangeline, wobei ich mir nicht sicher war, ob sie mich überhaupt hören konnte. Nach allem, was Ashmedai gesagt hatte, war unsere Fähigkeit, telepathisch miteinander zu kommunizieren, sehr selten, und ein Band wie das unsere hatte er noch nie zuvor gesehen. Er hatte die Hypothese aufgestellt, dass unsere Seelen sich auf diese Weise in Momenten der größten Not erreichten. Laut dieser Theorie musste Evangeline dank Kalida allerdings mehr als einmal dem Tod nahe gewesen sein, wodurch unser telepathisches Band entstanden war. Der Gedanke hatte mich jedes Mal in Rage versetzt und spornte mich nur noch mehr an, sie zu finden.

Kalida würde sterben.

Auf grausame Weise.

Aber zuerst musste ich mich um ein paar Portale kümmern.

Ich landete neben meinem Vater und hörte seine alten Gesänge, die Musik in meinen Ohren waren. Ein Erzdämon namens Bael stand auf der anderen Seite des

Portals und war ebenfalls in einen Singsang verfallen, während seine silberblauen Augen voller fremdartiger Energie leuchteten. Eine mir bekannte Frau mit dunklem Teint stand neben ihm. Sie hatte die Augen geschlossen und half ihm, das Portal vom Höllenreich aus zu versiegeln.

Johanna.

Was ging in dieser Welt vor sich? Ein Mitglied der Göttlichkeit arbeitete mit einem Erzdämon zusammen?

Ein leises Zischen drang an mein Ohr und ich hob instinktiv mein Schwert, um es zielsicher in das Herz eines Wächterdämons zu stoßen. Er zerfiel zu einem Haufen Glut, die ich mit dem Fuß beiseiteschob. Irgendwie hatte er es geschafft, den Ring von Engeln zu durchbrechen, die meinen Vater beschützten, während er eines unserer ältesten Rituale durchführte – *die Versiegelung der Welten.*

Ich stand mit dem Rücken zu ihm und war bereit, jeden anzugreifen, der es wagte, ihn zu stören. Allerdings war das gar nicht nötig, denn meine Brüder hatten alles im Griff, und ihren aufgeregten Blicken nach zu urteilen genossen sie den Aufruhr.

Ich erinnerte mich an Raphaelas Worte, den anderen auch ihren Spaß zu lassen. War es das, was sie in dieser Schlacht sahen? Etwas Unterhaltung nach einer Ewigkeit des Friedens? Vielleicht sollten sie der Erde hin und wieder einen Besuch abstatten. Es hatte den Anschein, dass die Menschen mindestens einmal pro Jahrhundert in einen Krieg verwickelt waren.

Ein zischendes Knacken jagte mir einen Schauer über den Rücken, als sich das Portal schloss. Die Funken in der Ferne verrieten mir, dass sich die beiden anderen auch geschlossen hatten. Um uns herum bildete sich ein Meer aus Asche, als die letzten Dämonen ohne ihre Hauptenergiequelle dahinwelkten und starben.

Nur Erzdämonen konnten aus eigener Kraft im Himmel überleben.

Die anderen, selbst die Dämonischen Lords, waren zu schwach.

Mein Vater sackte erschöpft in sich zusammen, als seine Knie nachgaben. Ich fing ihn auf, bevor er mit dem Gesicht vornüber auf den Boden fallen konnte. Ich legte die Hände an seine Schultern und hielt ihn aufrecht, während ich ihm einen Moment Zeit ließ, um sich zu erholen. Er nickte dankbar. Seine Augen waren schwarz von dem Energieaustausch und seine Lippen waren violett angelaufen.

Ich besaß dieselbe Fähigkeit und wusste, was sie meinem Körper abverlangte. Mein Vater würde mindestens eine Nacht brauchen, um sich zu erholen, wenn nicht sogar länger.

»Eve?«, fragte er mit einem unerwarteten Anflug von Besorgnis in der Stimme.

»Es geht ihr gut«, antwortete ich, da ich ihre Präsenz durch unsere verbundenen Seelen spürte. »Sie ruht sich aus.«

Er schluckte. »Das war erst der Anfang.«

»Wie war das überhaupt möglich?«, wollte ich wissen und deutete mit dem Kinn auf das zerstörte Portal. Mehrere Engel umringten uns, deren Gesichter ebenfalls von Neugier erfüllt waren.

»Ich weiß es nicht.« Er fuhr sich mit den Fingern durchs Haar und stieß die Luft aus. »Es trotzt dem Gleichgewicht.«

Ja, da wir gerade vom Gleichgewicht sprechen … »Warum stand Johanna neben Bael?«

Mein Vater schüttelte nur den Kopf. »Alles verändert sich.« Er klang erschöpfter denn je und es hatte den Anschein, als würde er an Macht verlieren.

Ich half ihm auf die Beine und betrachtete stirnrunzelnd seine schlaffen Flügel. Das sah ihm ganz und gar nicht ähnlich.

»Ich muss mich ausruhen«, antwortete er leise. »Wir treffen uns morgen früh wieder.«

Er flog nicht wie gewöhnlich, sondern ging langsam durch den Kreis von Engeln auf meine wartende Mutter zu, die etwas abseits der Menge wartete. Sie hatte einen besorgten Ausdruck im Gesicht, als sie die Arme für ihn ausbreitete und mich für einen langen Moment mit ihren uralten Augen anblickte.

Wir wechselten unausgesprochene Worte miteinander.

Ein Verständnis.

Eine Zukunft, von der sie immer gewusst hatte, dass sie mich ereilen würde.

Sie gab ihre Zustimmung.

Es waren alles Bruchstücke, die sie irgendwie in meinen Geist telegrafierte, bevor sie die Flügel ausbreitete, um sich selbst und meinen Vater in die Lüfte zu heben und nach Hause zu bringen. Sie hatte die ganze Zeit über auf ihn gewartet, weil sie gewusst hatte, dass er zusammenbrechen würde.

Meine Mutter, der Erzengel des Schicksals, hatte eine wirklich rätselhafte Art an sich.

Ich schüttelte den Kopf und erkannte, dass alle Engel im Hof auf weitere Anweisungen warteten – und zwar von mir, dem Sohn des Chaos.

Sie halten mich für einen Anführer.

Der Gedanke versetzte mir einen Stich im Herzen. Ich hatte weder gewollt noch erwartet, dass diese Last jemals auf meinen Schultern ruhen würde. All die Jahrtausende auf der Erde, die ich damit verbracht hatte, die Menschheit zu beschützen, hatten mich stärken und mein Verständnis erweitern sollen. Meine Eltern, nein, vielmehr meine Mutter hatte mich auf diese Weise auf eine mir prophezeite Zukunft vorbereitet.

Woher weiß ich das alles?

Weil ich auch der Sohn des Schicksals war.

Ich verwarf den Gedanken und konzentrierte mich auf die Engel um mich herum. Für heute Nacht hatte der Wahnsinn ein Ende und ich musste zu meiner Gefährtin zurückkehren.

»Wir brauchen mehr Wächter, die über Nacht die Stellung halten, während die Ältesten sich erholen.« Denn wenn mein Vater derart erschöpft war, würde es den anderen Erzengeln nicht anders ergehen. »Ich schlage vor, dass ihr in Schichten von je drei Stunden arbeitet, denn auch ihr braucht Ruhe. Etwas Bedeutendes kommt auf uns zu und wir werden all unsere Kräfte brauchen.« Die Worte kamen zwar aus meinem Mund, doch ich hatte sie nicht willentlich ausgesprochen.

Was genau kam auf uns zu? Und woher konnte ich das wissen?

Ich unterdrückte meine Verwirrung, damit die anderen sie nicht spürten, und zwang mich zu einem Lächeln. »Ihr habt euch heute Abend alle gut geschlagen. Es ist schön zu sehen, dass sich das ganze Training ausgezahlt hat.«

Das brachte mir ein paar zufriedene Lacher und Rufe ein, dann begannen sie, mir auf die Schulter zu klopfen, was mir schnell an den Nerven zerrte. Nach dem sechsten oder siebenten Mal trat ich einen Schritt zurück und erhob mich ohne ein weiteres Wort in den Nachthimmel.

Sie kamen auch allein zurecht.

Außerdem war ich nicht ihr Anführer.

Zumindest noch nicht.

KAPITEL 11

Ich hätte gern einen Teller Tod mit einem Schuss Rache, bitte

O*kay, Evangeline*, sagte ich mir. *Du schaffst das. Lass dir Zeit. Setze immer nur einen Fuß vor den anderen.*

Ich hatte die letzte Stunde damit verbracht, wieder laufen zu lernen, ohne allzu großen Erfolg zu haben. Immerhin stand ich aufrecht. Es war zwar ein guter Anfang, aber ich musste mich bessern.

Ich hatte mich noch nie zuvor derart *gebrochen* gefühlt. Wie lange war ich bewusstlos gewesen? Tage? Wochen? Monate? Es kam mir vor, als wäre es unglaublich lange gewesen. Alles fühlte sich anders an. Xai. Der Himmel. *Ich selbst.*

Mein Rücken schmerzte ohne meine Flügel.

Wo waren sie?

Warum konnte ich sie nicht spüren?

Eine Träne bildete sich in meinem Augenwinkel und entlockte mir ein tiefes Knurren.

Ich *hasste* dieses Gefühl der Unzulänglichkeit und Unvollständigkeit.

Kalida wird sterben.

Wenn Xai sie für mich getötet hätte …

Meine Knie gaben nach und ich landete auf meinem Hintern. Schon wieder.

»Scheiße!«, brüllte ich in die Höhle hinein.

Frustration und Entsetzen ließ meine Gliedmaßen erzittern, als eine weitere verräterische Träne über meine Wange rann.

Am liebsten hätte ich auf jemanden eingeschlagen und gleichzeitig laut geschluchzt. Kalida hatte mir das angetan und mich in diesen nutzlosen Zustand versetzt.

»Ich werde dich töten«, gelobte ich und war dankbar, dass sich meine Stimme weitgehend regeneriert hatte. Sie machte Fortschritte.

Steh auf, befahl ich mir. »Sofort«, fügte ich laut hinzu.

Ich stützte mich an der Wand ab und zwang mich aufzustehen. Ich biss mir auf die Unterlippe, als ein Schmerz meine Beine durchzuckte. Hatte ich sie mir gebrochen? Ich konnte mich nicht erinnern. Alles, was nach Kalida geschehen war, war verschwommen. Irgendetwas mit Schattenwesen …

Bei dem Gedanken bekam ich eine Gänsehaut und mir lief ein Schauer über den Rücken. Unheimliche kleine Scheißer.

Hör auf, darüber nachzudenken, und setz dich in Bewegung.

Leichter gedacht als getan.

Ich trat einen wackeligen Schritt vor und zuckte zusammen. Vielleicht wäre es leichter, wenn ich meine Flügel hätte, um das Gleichgewicht zu halten. Eine tiefe Sehnsucht breitete sich in meinem Inneren aus, als ich mir wieder einmal wünschte, meine Federn zu haben.

Doch nichts geschah.

Ich schloss die Augen. *Was, wenn mir nie wieder Flügel wachsen?*

Bei dem Gedanken geriet ich ins Wanken. Ich streckte

die Hände zu beiden Seiten aus, um Halt zu suchen, und traf auf etwas Hartes.

»Oh!« Ich zuckte zusammen und verlor die Balance, doch zwei kräftige Arme bewahrten mich davor, wieder auf dem Boden aufzuschlagen.

»Natürlich freue ich mich darüber, dass du dich bewegst, aber du solltest dich ausruhen.« Xai hatte die Brust an meinen Rücken gepresst und drückte mir einen Kuss auf den Nacken. »Verdammt, du hast mir gefehlt.« Er festigte den Griff um meine Taille, als er sein Gesicht in meinem Nacken vergrub.

Ich versuchte, mich umzudrehen, aber er rührte sich keinen Zentimeter. »Was ist passiert, Xai? Waren das etwa Portale?«

Er seufzte und ich spürte seinen warmen Atem auf meiner Haut. »Wir wissen noch nicht, was oder wer sie geschaffen hat, aber für heute Nacht haben wir die Gefahr erst einmal gebannt.« Er drehte mich in seinen Armen um und gab mir einen Kuss, der von Sehnsucht und Schmerz zeugte. Mit jedem Strich seiner Zunge brachte er seine Erinnerungen, Gefühle und sein Verlangen zum Ausdruck.

Ich soll mich erinnern, erkannte ich. Er wollte zeigen, wer wir füreinander waren, wie unsere Körper miteinander verbunden waren und wo unser Platz war.

Ich schlang die Arme um seinen Hals, fuhr mit den Fingern durch sein langes, dunkles Haar und hielt mich an ihm fest, während er mich förmlich verschlang.

All meine Sorgen und Bedenken waren plötzlich wie weggeblasen.

Die Qualen, die mein Innerstes durchströmten, waren verschwunden.

Es zählte nur noch Xai und das Gefühl seines Körpers, der sich an meinen schmiegte.

»Mehr«, verlangte ich an seinem Mund.

Er lächelte. »Ich liebe es, wenn du glaubst, du hättest hier das Sagen.«

»Das habe ich.«

»Mm.« Er packte meine Hüften und drückte mich mit dem Rücken gegen die Wand. »Ich habe dir gesagt, dass du mir gefehlt hast, aber du hast nichts darauf erwidert, Evangeline. Was soll ich in dieser Hinsicht unternehmen?«

Ich blinzelte zu ihm auf. »Soll ich dir zeigen, wie sehr ich dich vermisst habe?«, fragte ich ihn.

»Dann würdest du dich aber nicht ausruhen, Liebes.« Er strich mit den Lippen sanft über die meinen. Die Berührung war flüchtig genug, um mich zu reizen, und lang genug, um mir zu verraten, wie sehr er mich begehrte. »Bisher weiß niemand, dass du aufgewacht bist. Es gibt nur uns beide.« Er küsste meinen Hals und ließ seine Lippen über mein Schlüsselbein wandern. »Aber du bist noch nicht stark genug für das, was ich mit dir anstellen will.«

Ich erbebte, als ich die verheißungsvollen, düsteren Worte vernahm. »Ich werde nicht zerbrechen.«

»Ich weiß«, flüsterte er. »Du wirst nie zerbrechen, meine starke, unverwüstliche Evangeline.« Er küsste meinen Kiefer, bevor er seinen Mund wieder auf den meinen presste. »Fast hätte ich dich für immer verloren.«

Mein Herz setzte einen Schlag aus, als ich den gequälten Unterton in seiner Stimme hörte. »Xai …«

»Du hast keine Ahnung, wie es war, nach dir zu suchen und nicht zu wissen, ob ich dich jemals rechtzeitig finden würde. Und als ich dich unter diesen Schattendämonen habe liegen sehen …« Er presste seine Stirn an meine und festigte den Griff um meine Hüften. »*Ich* wäre dadurch fast zerbrochen. Weißt du, dass ich für dich jeden und alles zerstören würde? Hätte ich dich verloren …« Er musste schlucken und ich konnte spüren, wie angespannt er war. »Ich darf dich nicht verlieren.«

Ich umfasste sein Gesicht mit beiden Händen und zwang ihn, mir in die Augen zu sehen. »Du wirst mich niemals verlieren, Xai. Ich werde immer darum kämpfen, dich zu finden.« Dann lächelte ich und erinnerte mich an einige Worte, die er mir in meinen Träumen zugeflüstert hatte. »Außerdem wirst du mir ohnehin überall hin folgen.«

Er teilte meine Belustigung nicht. Stattdessen glühten seine mitternachtsschwarzen Augen voller unverhohlener Emotionen. »Ich konnte dich in meinem Kopf hören, Evangeline. Immer nur kurz und nur dann, wenn deine Seele zu der meinen rief, aber ich konnte deine Qualen *hören*.«

Ich starrte ihn an. »Das … das ist wirklich passiert? Ich dachte … ich dachte, ich hätte mir deine Stimme nur eingebildet, um, ich weiß nicht, den Schmerzen zu entfliehen.«

»Nein, deine Seele hat versucht, an meiner festzuhalten, um zu überleben«, flüsterte er. »So etwas kommt nur selten vor, aber so habe ich dich im Schattenreich finden können. Die Aura in deinem Ring war letztendlich zwar wahrnehmbar, aber es war vor allem deine Seele, die mir den Weg gewiesen hat.«

»Im Schattenreich?«, wiederholte ich und runzelte die Stirn. Ich erschauderte und fiel kopfüber in die Dunkelheit meiner Erinnerungen …

Dunkle Wesen, die sich an meiner Energie weiden.

Und mir jedes Quäntchen meiner Kraft aussaugen.

Ich bin wehrlos.

Allein.

Tot.

Vergessen.

Ohne Ausweg.

Eine endlose Grube der Einsamkeit und …

»Evangeline!« Mein Name brachte mich zurück in die Gegenwart und ich blickte mit meinen feuchten Augen zu einem Paar glühender dunkler Iriden auf. Sorgenfalten zeichneten seine Stirn. Sein schönes Gesicht war meine liebste Erinnerung. Ich legte eine Hand auf seine Wange, strich über sein Kinn und seine hohen Wangenknochen, dann fuhr ich mit den Fingern durch sein dichtes, schwarzes Haar. Es hatte die gleiche Farbe wie die Federn auf seinem Rücken.

Mein dunkler Engel.

»Warum sind deine Haare so lang?«, fragte ich leise und fasziniert von seiner neuen Frisur. Er hatte sein Haar seit Jahrhunderten nicht mehr so getragen.

Seine Pupillen weiteten sich, als er den Atem langsam ausstieß. Er schien mit sich zu hadern und sogar ein wenig verlegen zu sein. »Ich habe viel Zeit in der Hölle verbracht, um nach dir zu suchen, und habe aufgehört, mich um solch triviale Dinge wie mein Haar zu kümmern.«

Ich streichelte weiter über die Strähnen. »Es gefällt mir.«

Er schenkte mir ein schiefes Lächeln. »Dann werde ich es vielleicht nicht abschneiden.«

»Okay«, flüsterte ich und brachte meine Erschöpfung mit einem Gähnen zum Ausdruck.

»Du brauchst Ruhe, Liebes.«

Ich nickte. »Alles ist so verschwommen.« Sogar die letzten zehn Minuten. Möglicherweise sogar mehr. Ich konnte mich nicht genau erinnern. Wir mussten etwas Wichtiges miteinander besprechen. Das glaubte ich zumindest.

Ich gähnte noch einmal.

Wir konnten über alles reden, nachdem ich noch ein wenig geschlafen hatte.

Er hob mich vom Boden hoch, indem er einen Arm

unter meine Knie und den anderen unter meinen Rücken schob. Ich schmiegte mich an seine Schulter und genoss das vertraute Gefühl seiner Stärke. »Du riechst, als hättest du eine Schlacht geschlagen.« Es war einer meiner Lieblingsdüfte, so waldig und männlich, mit einem Hauch von Xai. »Es gefällt mir.«

Er lachte leise. »Ich werde dieses Gespräch liebend gern morgen früh zur Sprache bringen.«

»Warum?«

»Weil ich das Gefühl habe, dass du dich nicht daran erinnern wirst.«

Warum sollte ich mich nicht daran erinnern? »Natürlich werde ich das.«

»Wir werden sehen.« Er gab mir einen Kuss auf die Stirn. »Und jetzt schlaf, Liebes. Ich werde hier sein, wenn du aufwachst.«

»Versprochen?« Ich wusste nicht, warum ich ihn fragte, aber ein Teil von mir musste sicher sein. *Meine Seele vermisst ihren Gefährten.*

»Es gibt in all den Reichen keinen anderen Ort, an dem ich lieber wäre als an deiner Seite, Evangeline. Das schwöre ich dir.« Er gab mir einen weiteren Kuss, mit dem er mich in einen Zustand der Behaglichkeit und Gelassenheit versetzte, den ich schon viel zu lange nicht mehr genossen hatte.

Wie viele Jahre?

Wo war ich gewesen?

In der Hölle?

Folter?

Schatten?

Der Gedanke ließ mich erzittern, als sich sowohl mein Geist als auch mein Körper sofort gegen das Wort sträubten.

Ich brauchte Schlaf, diese Vorstellung war weitaus

angenehmer. Vielleicht würde er mir helfen, mich besser zu fühlen und die Dinge wieder ins rechte Licht zu rücken.

Und mir meine Flügel zurückbringen …

KAPITEL 12

Führe mich nicht in Versuchung, Liebes

»Die Überreste eines Schattentraums.« Raphaela verzog nachdenklich das Gesicht. »Es ist dasselbe wie ein Albtraum, nur aus dem Schattenreich. Ich vermute, es ist der erste von vielen, die Evangeline noch bevorstehen. Die Schattendämonen sind nicht gerade für ihre Barmherzigkeit bekannt.«

»Sie wird es überwinden«, sagte meine Mutter, während ihre haselnussbraunen Augen mit dem Wissen der Vorsehung funkelten.

Ich stieß mich von der Wand ab und ging in die Küche, um eine Flasche Wasser zu holen. Die beiden Matriarchinnen tranken eine Tasse ihres Lieblingstees.

Evangelines emotionaler Zusammenbruch in der Höhle hatte mich erschreckt, vor allem, weil sie sich ihres Verhaltens scheinbar nicht bewusst gewesen war. Ich hatte fast zehn Minuten gebraucht, um sie zum Schweigen zu bringen und ihre Schreie verstummen zu lassen. Dann war sie aufgewacht und hatte sich auf mein Haar konzentriert.

»Was ist mit ihren Flügeln?«, fragte ich, als ich nach draußen auf die Terrasse zurückkehrte. Die beiden Frauen saßen auf Stühlen ohne Lehne und ihre hellen Federn brachten etwas Farbe in das ansonsten triste Erscheinungsbild des Balkons.

»Sie ist zu früh aufgewacht«, antwortete Evangelines Mutter. »Ihr Körper muss ihren Verstand erst noch einholen.«

»Ganz im Gegenteil, ihr Timing war perfekt.« Der Erzengel des Schicksals hielt kurz inne, um an ihrem Tee zu nippen. Sie liebte es, ihren Worten mittels bedeutungsvoller Pausen Nachdruck zu verleihen. »Ihr Erwachen brachte Xai in die ihm zugedachte Position. Hätte sie geschlafen, hätte er seine Berufung verfehlt.«

Großartig. Noch mehr von Moms rätselhaften Geschichten. »Was soll das bedeuten, Mutter?«

Sie blinzelte mich an. »Was soll was bedeuten, Liebling?«

Ich schüttelte den Kopf, denn ich hatte keine Lust, dieses Spiel mitzuspielen. »Schon gut.«

»Du bist fast so weit«, fügte sie hinzu, wobei sie meine Worte ignorierte. »Ich freue mich so, es zu sehen. Aber oh.« Sie warf einen Blick auf die Uhr und ihr Blick strotzte vor Wissen. »Wir sollten jetzt gehen, Rafa. Xai hat noch etwas vor.«

Ich zog die Augenbrauen in die Höhe. »Tatsächlich?«

»Ja.« Sie stellte ihre leere Teetasse beiseite und ihre Lippen kräuselten sich. »Oder zumindest hat sie noch etwas vor.«

»Wer denn?«

»Es ist übrigens unhöflich, andere zu belauschen. Aber ich glaube, deshalb bist du zuvor schon getadelt worden, nicht wahr?« Sie kicherte, wobei ihre Worte absolut keinen Sinn ergaben. »Du wirst sie in drei Himmelstagen in Alastors Reich finden, mein Kind. Der Erzdämon weiß nichts davon, also sei nett, anderenfalls wird die Vergeltung schrecklich sein. Aber der Sukkubus hat sein Schicksal verdient.« Meine Mutter blinzelte wieder auf diese unheimliche Art, als erwachte sie aus einer Art Traum. »Wollten wir nicht gehen, Rafa?«

Raphaela lächelte nur, denn sie war das seltsame Verhalten meiner Mutter gewohnt. »Ja, das wollten wir.«

»Vorbereitungen«, antwortete meine Mutter mit einem drängenden Unterton in der Stimme. »Genau darum müssen wir uns kümmern. Folge mir.«

Sie stand auf und trat vom Balkon, ohne sich zu verabschieden, wobei ihre opalfarbenen Federn in der frühen Morgensonne glitzerten.

»Ich glaube, das ist mein Stichwort.« Raphaela lächelte und tätschelte mir den Arm. »Evangeline hat eine gute Wahl getroffen, Xai. Zweifle nie daran.«

»Das tue ich nicht.« Die Antwort war zwar überheblich, doch sie war ehrlich. Evangeline war meine Gefährtin. Niemand würde das je leugnen können.

Sie verzog die Lippen zu einem Lächeln. »Du bist deinem Vater so ähnlich, und doch sehe ich deine Mutter in deinen Augen.« Sie neigte den Kopf zur Seite. »Versuche, meine Tochter diesmal nicht in der Hölle zu verlieren.« Sie zwinkerte und folgte meiner Mutter, während ich über die beiden nur den Kopf schütteln konnte.

Verwirrt fuhr ich mir mit den Fingern durchs Haar. »Verrückte Matriarchinnen.«

»Ich dachte immer, du hättest deine rätselhafte Art von deinem Vater geerbt, aber jetzt kann ich sehen, dass deine Mutter dafür verantwortlich ist.« Evangeline stand splitternackt in der Eingangshalle, hatte die Hüfte an den Türpfosten gelehnt und die Knöchel lässig übereinandergeschlagen.

Ich ließ den Blick Zentimeter für Zentimeter über

ihren athletischen Körper schweifen. Sie hatte während ihrer Gefangenschaft etwas Gewicht verloren, aber ihre engelsgleichen Gene kamen langsam wieder in der leichten Rundung ihrer Hüften und der geschmeidigen Fülle ihrer Brüste zum Vorschein.

Umwerfend.

»Wie fühlst du dich?«, fragte ich leise.

»Ich bin verärgert«, antwortete sie mit funkelnden blauen Augen.

Ich zog eine Augenbraue in die Höhe. »Du bist verärgert?«

»Ja.« Sie starrte mich an. »Ich bin nackt, Xai.«

»Das sehe ich, Evangeline.«

»Und du hast nicht vor, dahingehend etwas zu unternehmen?«

Ich verzog belustigt die Lippen. »Ich würde dir ja mein Hemd anbieten, aber ich trage keines.« Das schien in letzter Zeit meine bevorzugte Aufmachung zu sein – barfuß und mit nichts außer einer Jeans bekleidet. Es war merkwürdig, aber ich vermisste meine Anzüge nicht.

Sie kniff die Augen zu dünnen Schlitzen zusammen. »Du weißt, dass ich das nicht will.«

Ich neigte spielerisch den Kopf zur Seite. »Was willst du dann, Liebes?«

»In diesem Moment würde ich dich am liebsten umbringen.«

»Ein unterhaltsamer Vorschlag«, erwiderte ich. »Versuch es doch, vielleicht werde ich dich dafür belohnen.« Es würde als eine Art Vorspiel dienen, um ihre Stärke zu testen. Ich weigerte mich, sie wirklich zu nehmen, bis ich wusste, dass sie es aushalten würde.

Denn für gewöhnlich schliefen wir nicht einfach miteinander. Wir fickten, und zwar hart.

Ich verbreiterte meinen Stand und verhöhnte sie mit einem zweifelnden Blick.

Sie stieß daraufhin ein Knurren aus, das mir direkt in die Leistengegend fuhr. Das und ihr Mangel an Kleidung führten dazu, dass meine Hose sich plötzlich viel zu eng anfühlte.

»Willst du es dir etwa anders überlegen, Liebes?« Ich trat einen Schritt auf sie zu. »Hast du Angst, du könntest aus der Übung sein?«

Ihre Iriden verdunkelten sich und nahmen den saphirblauen Farbton an, den ich so sehr liebte, womit sie mir ihre Antwort signalisierte, noch bevor sie sich in Bewegung setzte. Ich fing ihre Faust ab, bevor sie mein Gesicht treffen konnte, und drehte sie mit Leichtigkeit in meinen Armen, sodass ihr nackter Rücken auf meine Brust traf. Als sie mir mit der Ferse gegen das Schienbein treten wollte, festigte ich meinen Griff um ihren Oberkörper und flog mit ihr in den Himmel auf.

Sie hörte sofort auf zu zappeln und ihr Herzschlag beschleunigte sich.

»Xai …«

»Hast du Angst, dass ich dich fallen lasse?«, fragte ich mit meinen Lippen dicht an ihrem Ohr. »Glaubst du, dadurch würden deine Flügel zum Vorschein kommen?« Natürlich würde ich es nie tun, selbst wenn sie meine Frage bejahen würde. Doch allein die Drohung bewirkte, dass sie sich verkrampfte.

Sie krallte sich in meine Unterarme. »Tu es nicht.«

»Hast du etwa Angst?«

Ihr rasender Puls war Antwort genug. »Tu es nicht, Xai.«

»Wenn du bereit bist, mich zu ficken, dann bist du auch bereit zu fliegen.« Ich lockerte meinen Griff gerade so weit, um meinen Worten Nachdruck zu verleihen.

Sie vergrub ihre Fingernägel so tief in meinen Armen, dass sie bluteten. »Das ist nicht lustig.«

»Genauso wenig wie mich verführen zu wollen, obwohl wir beide wissen, dass du noch lange nicht bereit für mich bist.«

»Du bestrafst mich also, indem du mich daran erinnerst, dass ich keine Flügel habe?«, fragte sie mit zitternder Stimme. »Als stünde ich ohne sie nicht ohnehin kurz davor zu zerbrechen.«

Verdammt. Das war überhaupt nicht der Sinn der Sache gewesen.

Ihre Fingernägel zerkratzten mir die Haut, als ich sie in meinen Armen drehte und sie zwang, mich anzusehen. In ihren Augen schimmerten Tränen und brachen mir das Herz.

»Oh, Evangeline.« Ich presste meine Stirn an ihre und verlangsamte unseren Flug, sodass wir nur noch zwischen den Wolken dahinglitten. »Es tut mir leid, Liebes.«

»Es tut so weh«, sagte sie schroff und vergrub ihren Kopf an meinem Hals. »Es tut so verdammt weh, ich will es einfach nur vergessen, Xai. Doch ich schaffe es nicht allein. Ich brauche dich, damit du mir die Schmerzen und Erinnerungen nimmst. Ich will von dir geliebt werden, um zu wissen, dass ich immer noch gut genug bin. Ich will, dass du mich daran erinnerst, wer wir füreinander sind. Ich will, dass du mir noch einmal die Ewigkeit versprichst und mir beweist, dass ich nicht so gebrochen bin, wie ich mich fühle. Bitte, Xai. Bitte. Ich flehe dich an. Ich werde …«

Ich verwob meine Finger in ihrem Haar, riss ihren Kopf zurück und brachte sie mit meinem Mund zum Schweigen. Es bereitete mir körperliche Schmerzen, sie derart verzweifelt und *zerrüttet* zu sehen.

Sie wollte vergessen und ich würde ihr geben, was sie

brauchte. Ich würde ihr alles geben, was sie sich jemals wünschte. Das musste sie einfach wissen.

Ich stieß mit der Zunge an ihre Lippen und verlangte Einlass. Ich wollte, dass sie mir ihre ungeteilte Aufmerksamkeit schenkte und ihre Erinnerungen ausblendete. Außer meiner persönlichen düsteren Note würde ich keinerlei Dunkelheit zulassen. Keine Gedanken an die Hölle, an Rache, an die Machtverschiebung, nichts davon.

Ich drehte mich auf den Rücken und ließ mich im Wind treiben. Sie schlang die Arme um meinen Hals und ihr Körper verschmolz mit meinem.

Verdammt, ich hatte das vermisst.

Hatte sie vermisst.

Und die Luft an meinen Flügeln.

In den Wolken zu ficken …

»Ich liebe dich«, sagte ich zu ihr. »Du bist der Grund meiner Existenz, Evangeline.«

Tränen rannen ihr über die Wangen, als sie meinen Kuss mit einer Leidenschaft erwiderte, die mich schwindeln ließ. Ich überließ ihr die Kontrolle, zumindest für diesen Moment. Ihre Zunge lieferte sich ein heißes Duell mit der meinen, während sie die Bestätigung suchte, die sie brauchte.

Dann ließ sie die Hände über meine Schultern, meinen Oberkörper und meinen Bauch gleiten, bis sie am Knopf meiner Jeans innehielt.

Es kostete mich jede Menge Selbstbeherrschung, sie einfach so gewähren zu lassen, ohne einzugreifen.

Sie öffnete meinen Reißverschluss und verhalf meiner Männlichkeit zur Freiheit.

»Mehr, Xai.« Sie biss in meine Unterlippe. »Du hältst dich zurück und es …«

Ich knurrte an ihrem Mund und biss noch fester

zurück, bis der Geschmack ihres Blutes auf meine Zunge traf. »Schling deine Schenkel um mich, Evangeline.«

Sie gehorchte sofort und platzierte ihren heißen Unterleib an meinem Schaft. Ich zog die Flügel ein und stürzte mit ihr in einer Spirale abwärts. Sie umklammerte mich mit Armen und Beinen, während sich ihre Erregung mit Angst vermischte.

Zerbrechlich oder nicht, sie wollte vergessen. Und ich hatte die Absicht, sie zu erlösen.

Für sie.

Für uns.

Ich wollte sicherstellen, dass sie nie vergaß, wem sie gehörte, wem ich gehörte und wer wir zusammen waren.

»Du bist mein«, knurrte ich, stieß in sie hinein und gleichzeitig nach oben, wobei ich mit ihr hoch in den Himmel aufflog und meinen Anspruch mit leidenschaftlicher Härte geltend machte.

Sie schrie auf und ihre Augen funkelten auf, während ein Grinsen ihre Lippen umspielte.

Ich küsste sie ungestüm und gab ihr alles, was ich hatte. Ich fickte ihren Mund genauso wie ihren Körper, überschritt jede Grenze, während ich jeden Zentimeter von ihr besaß, genauso wie sie meine Seele innehatte. Ich löschte all ihre Bedenken aus und zeigte ihr deutlich, was sie mir bedeutete.

»Ich liebe dich«, sagte ich immer und immer wieder. Diesmal vergoss sie Tränen des Glücks und der Freude, als sie die Worte erwiderte und ihr Herz im Takt mit dem meinen schlug, während unsere Körper in den Wolken aufblühten.

Sie erbebte unter dem Ansturm der Ekstase und ihre Orgasmen vertrieben alle verbliebenen Qualen und Schmerzen. Ihr Körper zuckte vor Verzückung, als sie mit ihren geschwollenen Lippen meinen Namen schrie.

»Noch einmal«, befahl ich und weigerte mich, sie so einfach vom Haken zu lassen.

Ich hielt sie weiterhin mit einem Arm fest, während ich eine Hand zwischen unsere Körper schob und auf ihre empfindsame Klitoris legte. Sie zuckte zusammen, als ich sie viel zu früh nach dem Orgasmus schon wieder streichelte. Ich ließ mich jedoch nicht beirren und war entschlossen, noch einmal diesen euphorischen Ausdruck in ihren Augen zu sehen, bevor ich mich ihr auf der Welle der Ekstase anschloss.

Sie öffnete den Mund zu einem Schrei und ließ den Kopf in den Nacken fallen, als ich noch heftiger in sie hineinstieß. Ich nutzte meine Flügel zu meinem Vorteil, um sie mit der Leidenschaft zu nehmen, nach der ich mich gesehnt und nach der sie verlangt hatte. Und ihre Schreie verrieten mir, dass sie es mehr als genoss.

Sie packte meine Schultern, dann meinen Bizeps und wieder meine Schultern, während sie am ganzen Körper bebte.

Sie stand so kurz vor dem Höhepunkt.

Ich löste meine Lippen von den ihren und biss ihr in den Hals, denn ich hatte den Drang, sie als die meine zu kennzeichnen. »Meine Gefährtin«, knurrte ich. »Für immer. Bis in alle Ewigkeit. Du bist mein.« Ich biss sie erneut, während ich mit dem Finger Druck auf ihre Klitoris ausübte.

»Xai!«, schrie sie und brach zusammen, wobei sie mich mit ihrem heißen Unterleib so fest umklammerte, dass ich nicht anders konnte, als ihr über den Rand der Glückseligkeit zu folgen.

Ich wurde von einem wunderbaren Schmerz durchzuckt, als meine Hoden sich zusammenzogen und ich mich tief in ihr entleerte. Immer und immer wieder ergriff ich Besitz von ihrem ganzen Wesen, während sich meine Seele aufs Neue mit ihr vermählte und einen Bund für die Ewigkeit schloss.

Sie zitterte am ganzen Körper und presste die Stirn an meine Schulter, als ich mit Entsetzen bemerkte, dass sie weinte.

»Evangeline«, flüsterte ich. Ich war besorgt, dass ich sie verletzt haben könnte, als ich mich von der wilden Leidenschaft hatte mitreißen lassen, um meinen Herrschaftsanspruch erneut geltend zu machen.

Ich suchte nach einem Landeplatz und fand einen geeigneten auf einem nahe gelegenen Feld. Ich setzte sanft auf dem Boden auf, während sie in meinen Armen lag und ihren Tränen freien Lauf ließ.

»Oh, Liebes …« Aus genau diesem Grund hatte ich nicht … sollte ich nicht …

Sie krallte sich in meine Schultern und presste den Mund auf den meinen, um mich unter Schluchzen zu küssen. Ich verstand nicht, was vor sich ging.

Was ist nur mit dir passiert?

»Danke«, flüsterte sie und küsste mich noch inniger. »Danke.«

Ich drückte sie an mich und erwiderte ihre Umarmung trotz meiner Verwirrung.

»Ich liebe dich«, fuhr sie fort. »Mein Gott, Xai, es ist mir zuwider, wie sehr ich dich liebe, aber ich liebe dich. Du bist auch mein Grund für meine Existenz. Mein Gefährte. Derjenige, der immer weiß, was zu tun ist, damit ich mich wieder vollständig fühle.« Sie küsste mich wieder, während sie weiter weinte und zitterte. »Ich hasse sie, Xai. Und die Dinge, die sie mir angetan hat. Sie wollte mich vernarben und mich ruinieren, um zu bewirken, dass du mich nicht mehr willst. Ich hatte befürchtet … ich wusste es eigentlich … aber ich habe mir trotzdem Sorgen gemacht …« Sie hielt inne, als ihr erneut Tränen in die Augen stiegen.

»Meine Güte, ich fühle mich wie ein Närrin, weil ich geglaubt habe …«

»Schhhh«, murmelte ich und verstand nun, was sie mir zu sagen versuchte. Sie hatte das Gefühl, mich verraten zu haben, weil sie so etwas überhaupt für möglich gehalten hatte. »Folter hat nicht nur körperliche Auswirkungen, Liebes, sondern auch mentale.« Und offensichtlich hatte Kalida mehr Schaden angerichtet, als uns beiden bewusst war. »Wir werden gemeinsam heilen, Schatz. Dafür haben wir einander.«

Sie vergrub ihren Kopf wieder in meinem Nacken und zitterte am ganzen Körper, während sie ihren Tränen freien Lauf ließ und sich endlich selbst gestattete, alles zu fühlen, was ihr widerfahren war.

Selbst so alte Engel wie wir brachen hin und wieder zusammen. Die meisten hätten nicht überlebt, was sie durchgemacht hatte. Aber meine Evangeline war alles andere als gewöhnlich.

Sie war mein.

Meine Bestimmung.

Meine Ewigkeit.

KAPITEL 13

Offenbar habe ich meine Verbundenheit zur Menschheit verloren

Der Mond spiegelte sich in Xais Federn, als er uns zu seinem Zufluchtsort zurückflog. Es war das Heim, das er vor Äonen für sich beansprucht hatte, an welches sich selbst in seiner Abwesenheit niemand heranwagte. In der Stadt war es still geworden, denn die meisten Engel hatten sich für die Nacht zurückgezogen, während die Wächter sie im Schlaf bewachten.

Ich war sowohl körperlich als auch geistig erschöpft und legte meinen Kopf an Xais Schulter. Er hatte mich durch meine Tränen hindurch gehalten, mich noch einmal gefickt, als ich ihn darum gebeten hatte, und mich gefühlte Stunden lang geküsst.

Sein langes Haar kitzelte meine Wange, was mich trotz meines schläfrigen Zustands zum Lächeln brachte. »Ich will nicht, dass du es abschneidest.«

Mit einem leisen Lachen landete er auf dem Balkon und blickte mich mit seinen tiefschwarzen Augen an. »Wir werden sehen, ob die Frisur immer noch angemessen ist, wenn wir zur Erde zurückkehren.«

Ich dachte mit einem Stirnrunzeln darüber nach, während mein Verstand versuchte, das Unmögliche zu verarbeiten. »Welches Jahr schreiben wir im Moment dort unten?«

Er zuckte mit den Schultern. »Ich habe ehrlich gesagt keine Ahnung, aber dort hat sich alles schon wieder verändert.«

Damit spielte er auf unseren letzten Aufenthalt im Himmel an.

Ich schnappte nach Luft. »Oh scheiße, Gwen!« Ich hatte nicht mit ihr gesprochen, bevor ich entführt worden war, und sie nicht einmal gewarnt, dass ich mich auf einer Mission befand. Ich hatte nicht einmal daran gedacht, mit ihr zu reden.

Was für eine tolle beste Freundin ich doch bin.

»Sie weiß, wo du bist«, sagte Xai, als er mich auf sein Bett legte und sich neben mir ausstreckte. Seine Hose war irgendwo verloren gegangen und würde wahrscheinlich nicht wiederauftauchen. »Zebulon hat sie während unserer Suche nach dir auf dem Laufenden gehalten, und deiner Mutter zufolge hat Azrael sie über deinen Zustand hier informiert.«

»Zebulon?«, wiederholte ich misstrauisch und erinnerte mich an Gwens aufkeimende Beziehung zu dem Dämonischen Lord.

»Sie sind sich sehr nahe gekommen.« Xai schob seinen Arm unter meine Schultern und zog mich an sich, wobei seine Brust als perfektes Kissen für meinen Kopf diente. »Soweit ich das beurteilen kann, ist er gut zu ihr. Genauso wie Zane.«

Ich starrte ihn mit offenem Mund an. »Wie bitte?«

»Ja, das soll sie dir selbst bei Gelegenheit erzählen«, antwortete er und grinste. »Wir müssen ohnehin wichtigere Dinge besprechen.«

»Tatsächlich?«, fragte ich, wobei ich nicht sicher war, ob ich mit ihm übereinstimmte. *Gwen, Zeb und Zane? Was zum Teufel ging da vor sich?*

»Ja. Und zwar Kalida.«

Der Name vertrieb fast augenblicklich sämtliche Gedanken an Gwen, und mein Bedürfnis nach Rache nahm überhand. »Sie muss sterben.«

»Ja, das hat meine Mutter auch gesagt. Ich vermute, die Worte haben dir gegolten?«

Ich erinnerte mich an ihre Aussage auf dem Balkon und nickte. »Sie hat gewusst, dass ich im Inneren gestanden und zugehört habe.«

»Zumindest ergibt jetzt ihre Bemerkung über das Belauschen einen Sinn.«

Ja, die subtile Zurechtweisung war an mich gerichtet gewesen. Es war mir jedoch egal gewesen. So sehr ich mir auch gewünscht hatte, meine Mutter zu sehen, so sehr hatte ich mich nach Xai gesehnt, nachdem ich erwacht war, doch er war nicht da gewesen. »Deine Mutter sagte, Kalida sei in Alastors Reich oder würde es bald sein.«

»Ja, normalerweise verweist sie nicht derart deutlich auf die Zukunft, was mir verrät, dass wir nicht in der Lage wären, Kalida ohne diesen Hinweis zu finden.«

Ich schüttelte den Kopf. »Nein, sie hat einen Urteilsspruch über das Schicksal gefällt und darum gebeten, dass der Tod – also ich – die Strafe vollstreckt.« So viel hatte ich ihren Worten entnehmen können. *»Aber der Sukkubus hat sein Schicksal verdient.«*

»Ein Todesurteil«, sagte Xai verständig. »In weniger als drei Tagen.«

»Das heißt, ich muss meine Flügel finden.« Und den Rest meiner Kraft.

Er streichelte sanft meinen Arm, während sein Herz an meinem Ohr gleichmäßig schlug. »Alle konzentrieren sich nur auf die Machtverschiebung und interessieren sich nicht für Kalida. Höchstwahrscheinlich weiß sie das und wähnt sich in Sicherheit, da niemand aktiv nach ihr sucht.«

»Niemand?«, wiederholte ich erstaunt. »Nicht einmal Ashmedai?«

»Vor allem Ashmedai. Er ist damit beschäftigt, seine Ländereien und sein Volk zu beschützen, ebenso wie die anderen Erzdämonen und sogar die Dämonischen Lords auf der Erde. Es geschehen seltsame Dinge in der Unterwelt, Evangeline, und niemand kennt die Ursache dafür.«

»Wie die Portale letzte Nacht.«

»Ja, genau.«

Ich dachte darüber nach und legte die Stirn in Falten. »Aber waren sie nicht den Portalen ähnlich, die Geier und Kalida auf der Erde geschaffen haben?«

Xai schwieg einen Moment und ließ seine Hand auf meinem Arm ruhen. »Ja, aber viel mächtiger.«

»Das heißt, jemand hat sie perfektioniert, was zeitlich passen würde, nicht wahr? Wie viele Jahrtausende sind in der Hölle seit dem Vorfall auf der Erde vergangen?«

»Du glaubst, dass Kalida etwas damit zu tun hat.«

»Wie könnte es anders sein?«, fragte ich ihn. »Denk darüber nach. Sie und Geier wollten auf der Erde eine Armee aufstellen, um das Territorium ihres Vaters zu übernehmen, und sind gescheitert. Aber jemand hat ihr zur Flucht verholfen, wobei ich annehme, dass dieser Jemand noch nicht identifiziert worden ist. Das weist darauf hin, dass eine Macht am Werk ist, die die von Ashmedai übertrifft oder ihr zumindest gleichkommt. Außerdem hält sie sich einen Nephilim als Schoßhündchen, der irgendwie ihre Aura verbergen kann, selbst wenn er nicht an ihrer Seite ist, und überdies in der Hölle aufblüht. Ist das alles etwa ein Zufall?«

»Du weißt, was ich von Zufällen halte.«

»Ja, das war eine rhetorische Frage. Wir wissen beide, dass zwischen alledem ein Zusammenhang besteht.« Ich stützte mich auf dem Ellbogen ab und begegnete seinem dunklen Blick. »Könnte ein anderer Erzdämon für die Verschiebung des Gleichgewichts verantwortlich sein?«

»Dazu bräuchte man viel mehr Macht.« Er strich mir über die Wirbelsäule und betrachtete mich mit einem wissbegierigen Ausdruck in den Augen. »Die Göttlichkeit steht im Begriff zu zerfallen. Ich bin mir nicht sicher, was geschehen ist, aber Johanna befindet sich bei Bael in der Hölle und ich glaube, Ezra hat sich mit einem Halbling gepaart.«

Ich zog die Augenbrauen in die Höhe. »Ist irgendetwas davon überhaupt erlaubt?«

»Ich bin mir nicht sicher, ob sich überhaupt noch irgendjemand an die Regeln hält.« Ein belustigtes Lächeln umspielte seine Lippen. »Ist es falsch, dass ich es gutheiße?«

»Nein, es sieht dir ähnlich.« Ich beugte mich vor, um ihn zu küssen, und ließ meine Lippen auf seinen verweilen. »Sohn des Chaos.«

»Und des Schicksals«, fügte er hinzu, wobei er die Stirn in Falten legte. »Meine Mutter hat angedeutet, dass ich einen neuen Weg in die Zukunft eingeschlagen habe.«

»Das habe ich gehört«, flüsterte ich. »Sie hat etwas von deiner Berufung gesagt.«

Er kniff mich in die Seite. »Du hast tatsächlich gelauscht.«

Mit einem Schnauben wich ich zurück. »Das musst du gerade sagen.«

Er zuckte nur mit den Schultern. »Was meine Mutter betrifft, so weiß ich wie immer nicht genau, was sie voraussagt, aber es scheint unmittelbar bevorzustehen.

Und …« Er hielt inne und seine Pupillen zogen sich auf unheimliche Weise zusammen. »Ich spüre es auch, Evangeline.«

Ich betrachtete ihn und sah, wie sich seine dunklen Iriden auf geheimnisvolle Weise verengten und erweiterten, als seine Augen einen sonderbaren Glanz annahmen, als würde er versuchen, nach einem schwer fassbaren Gedanken zu greifen. »Du scheinst außerdem an Macht zu gewinnen.«

Er schluckte und nickte. »Ja, den Eindruck habe ich auch. Es würde erklären, wie ich unsere Verbindung vertiefen konnte, wie ich das Schattenreich ohne einen einzigen Kratzer überlebt habe, wie es mir gelungen ist, Ashmedai meinem Willen zu unterwerfen, und warum die anderen Engel scheinbar in mir einen Anführer sehen. Außerdem habe ich letzte Nacht die Portale gespürt, bevor sie sich überhaupt gebildet haben …« Er verstummte, wobei er einen besorgten Ausdruck im Gesicht hatte.

»Deshalb bin ich so früh aufgewacht«, erkannte ich. »Du musst mich irgendwie geweckt haben, als du die Störung gespürt hast.«

»Nein, das war deine Seele, die dem Ruf des Todes gefolgt ist.« Er sprach die Worte mit einer solchen Zuversicht aus, als würde er einfach *wissen*, dass es so war. Und es fiel ihm nicht einmal auf.

»Du bist der Sohn von zwei Erzengeln. Du hast dich immer zum Chaos hingezogen gefühlt, weil es dir auf der Erde gute Dienste geleistet hat, aber durch dich fließt auch das Blut deiner Mutter. Vielleicht erwacht diese Fähigkeit gerade in dir zum Leben.«

»Aber warum erst nach Tausenden von Jahren?«

»Weil es bald so weit ist«, murmelte ich. »Hat das nicht deine Mutter gesagt?«

Er dachte darüber nach, wobei seine Augen wieder

diesen entfernten Ausdruck annahmen. »Ja. Ich wünschte nur, ich wüsste, was es bedeutet.«

»Irgendetwas sagt mir, dass wir es herausfinden werden, und zwar schon bald.«

Er nickte und strich wieder mit den Fingern über meinen Arm, als er mich an sich zog. »Aber zuerst kümmern wir uns um Kalida.«

»Ja«, stimmte ich zu. »Und wir finden heraus, wie sie mit all dem in Verbindung steht.« Denn ich spürte mit jeder Faser meines Wesens, dass sie etwas damit zu tun hatte. Es konnte nicht anders sein.

»Das gibt uns zwei Tage, um deine Seele zu heilen und deine Flügel zu finden.«

»Hast du eine Idee, wo wir anfangen sollen?« Denn abgesehen von meinen fehlenden Federn fühlte ich mich fast normal. Fast.

»Ja, das habe ich tatsächlich.« Er legte sich auf mich und schob seine Lenden zwischen meine Schenkel. Ich stieß zitternd die Luft aus, als er seinen heißen, harten Schaft an meinen Unterleib schmiegte.

»Xai …«

»Evangeline«, erwiderte er und drang in mich ein. »Du hast mich doch angefleht, dich zu ficken, nicht wahr?«

Ich wölbte mich unter ihm auf und stieß ein Wimmern aus, das auf merkwürdige Weise wie eine Bestätigung klang. Ich hatte ihn angefleht und würde es wieder tun, wenn es bedeutete, dass ich mich noch einmal in der Lust verlieren und vergessen konnte.

»Dachtest du etwa, wir wären schon fertig, Liebes?« Er verlieh der Frage Nachdruck, indem er heftig in mich hineinstieß und mir damit einen zufriedenen Seufzer entlockte.

Ich liebte ihn. Ich liebte das hier. Uns.

Ich fuhr mit den Fingern durch sein Haar und zog ihn

zu mir hinunter, um ihn zu küssen, doch er verweigerte sich mir mit einem Grinsen.

»Flehe mich noch einmal an, Evangeline.«

Ich biss ihm stattdessen in die Unterlippe. »Gib mir mehr.«

Er lächelte. »So aufsässig.«

»So arrogant.«

Er liebkoste meine Nase. »So perfekt.«

»So mein«, erwiderte ich und krallte mich fester in sein Haar.

»Für immer, Liebes.«

»Zeig es mir.« Ich leckte ihm über die Unterlippe. »Versprich es mir.« Ich strich noch einmal mit der Zunge über seinen Mund und drängte ihn, sich mir zu öffnen. »Verschlinge mich.« Ich ließ meine Zunge zwischen seine Lippen gleiten und summte beifällig. »Nimm mich.« Die letzten beiden Worte hauchte ich an seinem Mund, während mein Körper unter ihm vor Verlangen bebte.

Eine elektrisierende Energie vibrierte zwischen uns und seine Iriden wurden so schwarz wie seine Federn. »Halt dich an mir fest, Liebes.«

Ich schlang die Arme um seinen Hals und gelobte: »Ich werde dich nie wieder loslassen.«

KAPITEL 14

Eine kurze Anleitung, wie man die Tochter des Todes verführt: Schenke ihr Silberspielzeug

Evangeline balancierte das Schwert mit der Leichtigkeit eines geübten Profis und stemmte die Beine in den Boden. »Ich bevorzuge dennoch Messer.«

»Ich weiß.« Ich schlug zu und sie konterte, wobei sie mir geschmeidig auswich.

»Und Pistolen«, fügte sie hinzu, als sie meinen nächsten Schlag parierte.

»Ich weiß«, wiederholte ich.

Sie zog eine blonde Augenbraue in die Höhe. »Erinnere mich noch einmal daran, warum wir das tun?«

»Weil es Spaß macht.«

Sie warf mir einen zweifelnden Blick zu und schleuderte ihr Schwert zur Seite. »Ich würde lieber mit den Fäusten kämpfen.«

Ich seufzte und senkte mein Schwert. »Man könnte meinen, dass du es darauf anlegst, getötet zu werden.«

Sie ließ ihre Finger über die Wurfdolche tanzen, die an ihren Seiten befestigt waren. »Ich bin immer noch bewaffnet.« Sie hatte einen freudigen Ausdruck im

Gesicht, der mir verriet, dass ihr die Utensilien gefielen, die ich ihr heute Morgen geschenkt hatte.

Die meisten Frauen wünschten sich Diamanten. Meine Frau bevorzugte silberne Messer. Im Himmel war das kein Problem, denn dort gab es das Element im Überfluss. Auf der Erde gestaltete es sich allerdings etwas schwieriger, aber das war für mich kein Hindernis.

»Dann lass uns kämpfen.« Ich legte mein Schwert neben ihr auf den Boden, wobei ich wesentlich eleganter vorging, und verbreiterte meinen Stand. »Zeig mir, was in dir steckt, Evangeline.« Ich ließ einen zweifelnden Unterton in meiner Stimme mitschwingen, um sie aufzustacheln. Es funktionierte.

Sie kniff die Augen zu dünnen Schlitzen zusammen. »Mit Vergnügen.«

Sie bewegte sich schneller, als ich erwartet hatte, und trat mit dem Fuß aus, statt mit der Handfläche zuzuschlagen. Sie traf meinen Oberschenkel, bevor sie meinem Gegenschlag auswich. »Das war erstaunlich gut.«

»Du klingst überrascht.«

»Das bin ich«, gab ich zu. Ihre Kraft war zweifellos zurückgekehrt, und damit auch ihre Fähigkeiten. War es die himmlische Atmosphäre, die ihr bei der Genesung geholfen hatte? Die Heilkraft ihrer Mutter? Oder war auch sie von den sich verändernden Energien in den Dimensionen beeinflusst worden?

Sie ließ einen weiteren Tritt folgen, den ich parierte, dann setzte sie zu einem Fausthieb an, mit dem sie fast meinen Kiefer getroffen hätte. Ich wich ihrer zweiten Faust aus und konterte sie mit einem Schlag, der sie nur knapp an der Schulter traf.

»Mehr«, ermutigte ich sie. Sparring mit Evangeline war sinnlicher als das beste Vorspiel. Es brachte mein Blut in Wallung und schürte ein elektrisierendes Feuer zwischen uns, das seinesgleichen suchte.

Wir umkreisten einander, ließen die Fäuste fliegen, zogen uns zurück, traten aus, überraschten einander und bewegten uns, bis wir beide schwer atmeten.

»So habe ich dich seit Ewigkeiten nicht mehr kämpfen sehen«, flüsterte ich ehrfürchtig.

»Es fühlt sich gut an.« Sie versuchte, mich mit einem Tritt aus dem Gleichgewicht zu bringen, aber ich packte sie und wirbelte sie in meinen Armen herum, sodass sie mit dem Rücken zu mir stand und ich meine Lippen an ihren Hals presste.

»Du fühlst dich gut an.« Sie versuchte, sich mit einem Ellbogenstoß aus meinem Griff zu befreien, was mich zum Lachen brachte. »Du bist vielleicht schneller, Liebes, aber ich bin definitiv stärker.«

Sie zappelte weiter, bis sie schließlich nachgab und den Kopf an meine Schulter zurückfallen ließ. »Das bringt uns nicht weiter.«

Ich presste meinen harten Schwanz an ihren Hintern. »Da bin ich anderer Meinung.«

»Du denkst wirklich nur an das Eine«, stöhnte sie. »Ich brauche meine Flügel, Xai.«

Es beunruhigte mich, dass sie noch nicht wiederaufgetaucht waren, vor allem, da ihr Körper vollständig geheilt war. Hatten die Schattendämonen diesen Teil von ihr irgendwie dauerhaft beschädigt? Der Gedanke war mir zuwider und ich weigerte mich, die Möglichkeit überhaupt auszusprechen.

Rafaela hätte es doch sicher gespürt, nicht wahr? Und Evangeline ebenfalls?

»Du machst dir auch Sorgen«, sagte sie und sackte an mir zusammen. »Was ist, wenn sie nicht zurückkommen?«

»Das werden sie.« Ich drehte sie in meinen Armen um

und umfasste ihr Gesicht mit beiden Händen. »Wir müssen nur noch ein bisschen Geduld haben.«

»Uns läuft die Zeit davon«, wandte sie ein. »Sie wird heute in Alastors Reich sein, Xai.«

Ich seufzte. Ja, zwei Tage waren viel zu schnell vergangen. Aber es gab einen Aspekt, den Evangeline zu ignorieren schien. »Du brauchst deine Flügel nicht in der Hölle.«

Sie dachte darüber nach, während sie mich mit ihren blauen Augen betrachtete. »Aber ohne sie bin ich nicht bei voller Gesundheit.«

»Du scheinst mir gesund genug zu sein«, sagte meine Mutter, als sie neben uns landete.

»Hallo, Mutter«, murmelte ich, als Evangeline sich neben mich stellte und den Arm an mein Kreuz unter meinen Federn legte.

»Solltet ihr nicht längst auf dem Weg zu Ashmedais Reich sein?«, fragte meine Mutter, die wie üblich die Begrüßungsfloskeln einfach überging. »Es gibt mehrere Pfade, doch ich bevorzuge diesen.« Ein entrückter Ausdruck trat in ihre Augen, dann fokussierte sie ihren Blick, der daraufhin sofort wieder unscharf wurde, während sich die Zukunft vor ihr immer wieder aufs Neue veränderte.

»Der Sukkubus wird sagen, dass sie es weiß, aber das tut sie nicht. Ihr Schicksal liegt in den Händen des Todes. Sprecht mit der Tochter des Krieges. Sie ist mächtig.« Meine Mutter blinzelte, dann lächelte sie. »So, das wird genügen. Habt eine gute Reise, aber kommt bald zurück. Wir brauchen euch.«

Sie flog in einem Strudel von Farben davon und ihre opalenen Federn glitzerten im Sonnenlicht.

»Tochter des Krieges?«, wiederholte Evangeline. »Erzengel Scion hat kein Kind.«

Ein Bild blitzte unerwartet und unwillkürlich in meinem Kopf auf, von dem ich jedoch wusste, dass es der Wahrheit entsprach. »Trudy.«

Evangeline sah mich an und zog die Augenbrauen in die Höhe. »Wie bitte?«

»Sie redet von Trudy.« Ich hatte keine Ahnung, woher ich das wusste. Der Nephilim sah seinem Vater überhaupt nicht ähnlich, abgesehen vielleicht von den engelhaften Gesichtszügen. »Wir müssen uns in Ashmedais Reich begeben.«

»Aber …«

»Du bist bereit«, unterbrach ich sie, da ich genau wusste, was Evangeline sagen wollte. »Du kämpfst so gut wie seit Jahrzehnten nicht mehr, und mit meinem Blut wirst du stark genug sein, um es mit jedem aufzunehmen, der sich dir in den Weg stellt. Und du wirst meine Flügel haben, falls du sie brauchst.« Denn ich würde die Hölle in meiner Gestalt als Erzengel betreten.

Sie kniff ihre blauen Augen zusammen, wobei ihr Blick von Respekt statt von Zweifeln geprägt war. »Ich vertraue dir.«

»Ich weiß.«

»Auch wenn du ein arrogantes Arschloch bist.«

Ich musste lächeln. »Ich weiß.«

»Gut.« Sie schlang die Arme um meinen Hals. »Jetzt gib mir etwas von deinem Blut, damit wir uns auf den Weg machen können.«

»Vampir.«

»Chaotischer Erzengel«, entgegnete sie.

Ich verehrte diese Frau mehr als die Luft zum Atmen. »Küss mich.«

»Ich dachte schon, du würdest nie darum bitten.«

»Das war keine Bitte«, korrigierte ich und strich mit den Lippen über die ihren. »Mach den Mund auf.« Ich biss mir in die Zunge und ließ sie in ihren Mund gleiten. Mein Instinkt sagte mir, dass sie im Gegensatz zu früher nicht viel brauchen würde.

Unser Band wird stärker.

Weil wir ihm endlich nachgegeben hatten? Wegen all der Dinge, die wir in letzter Zeit zusammen durchgemacht hatten? Wegen der Veränderungen, die sich in der Hölle ereigneten und sich bis auf den Himmel auswirkten? Oder war es all das zusammengenommen?

Ihr Stöhnen an meinem Mund brachte mich zurück in die Gegenwart und ich konzentrierte mich wieder auf sie, auf uns, auf unsere Umarmung. Ich vertiefte den Kuss und ließ noch mehr von meinem Lebenssaft in ihren Mund fließen. Ich umhüllte sie mit meiner schützenden Kraft, indem ich ihr die Blutlinie des Chaos einflößte. Sie würde sich in der Hölle genauso frei bewegen können wie ich, zumindest vorübergehend. Sobald ich spüren würde, dass sie schwächer wurde, würde ich ihr mehr geben, und gemeinsam würden wir Kalida finden und sie ihrer gerechten Strafe zuführen.

Ich fuhr mit meiner Zunge über den äußeren Rand ihres Mundes und genoss ihren Geschmack. »Bereit?«, fragte ich leise.

Sie nickte. »Ich habe meine Messer.«

Ich holte mein Lieblingsschwert, steckte es in die Scheide an meiner Hüfte und nahm mir ein paar Wurfsterne vom Waffentisch. Es schien, als hätte meine Mutter uns zur richtigen Zeit am richtigen Ort gefunden.

Schicksal.

Ich packte Evangeline an der Taille und drehte sie zu mir. »Halt dich fest.«

Sie schlang die Arme um meinen Hals und sah mir in die Augen. »Als könnte ich dich jemals loslassen.«

»Das ist wahr«, sagte ich mit einem verschmitzten

Lächeln. »Falls du es versuchen würdest, würde ich dir einfach folgen.«

»Stalker«, neckte sie mich.

»Ich bin einfach nur besitzergreifend«, korrigierte ich sie, dann aktivierte ich meine Schilde und stürzte mit ihr in Richtung Unterwelt.

In meinen Gedanken formte sich eine Karte, die mir half, den aktuellen Standort von Ashmedais Reich anzuvisieren. Die Welten der Hölle waren ständig im Wandel begriffen, was diese Art des Reisens schwierig machte. Es erforderte Konzentration, Kontrolle und Genauigkeit.

Evangeline hielt sich schweigend an mir fest, wobei sie mit den Schenkeln die meinen streifte. Hätte ich nicht all meine Aufmerksamkeit auf das Navigieren richten müssen, hätte ich sie geküsst. Doch es war wichtiger, sicher anzukommen.

Wir setzten in der Nähe der Treppe zu Ashmedais Anwesen auf. Ich umhüllte uns mit meinen Flügeln, während Evangeline die Orientierung gewann.

»Geht es dir gut, Liebes?«

Sie schluckte. »Ich fühle mich anders als sonst.« Sie hob die Lider und gab den Blick auf ein Paar strahlend blaue Augen frei. Sie leuchteten so dunkel wie der Saphir an ihrem Ring. Ihre Gliedmaßen begannen zu zittern und ein scharfes Keuchen entfuhr ihren Lippen.

»Was ist los?«, wollte ich wissen und packte ihre Hüften, um sie festzuhalten, während ihr ganzer Körper von Zuckungen durchgeschüttelt wurde.

Eine elektrisierende Spannung knisterte zwischen uns und fuhr *durch* uns hindurch.

Evangelines Arme fielen von meinem Nacken ab und ihre Hände verkrampften sich, als sie den Kopf zurückwarf. Unser Band wurde von einer euphorischen

Energie durchströmt und sie verzog den Mund zu einem wunderschönen Grinsen.

Dann brachen ihre Flügel mit einer Explosion von Licht aus ihrem Rücken, wobei ihre violetten Federn einen herrlichen Kontrast zu meinen schwarzen bildeten.

Ein freudiges Lachen entfuhr ihr und ich musste lächeln.

»Immer so aufsässig«, murmelte ich und liebkoste ihren Hals. »Du dürftest in der Hölle eigentlich gar keine Flügel haben.« Nur Erzengel besaßen diese Fähigkeit außerhalb des Himmels, aber es wunderte mich nicht, dass Evangeline einen Weg fand, um sich der Vernunft zu widersetzen.

Sie presste die Lippen auf meinen Mund und ihr Hochgefühl überflutete uns beide.

Dämonische Auren umgaben uns und ihre Anspannung war deutlich spürbar.

Ich ignorierte sie und erwiderte Evangelines Kuss, um meine Zunge mit ihrer im ältesten Tanz der Zeit zu verbinden. Sie lächelte mich an und schlang die Arme um meine Taille, wobei sie ihren Busen gegen meinen nackten Oberkörper presste. Zum Glück hatte sie heute für alle Fälle zu unserem Sparring ein Hemd mit tiefem Rückenausschnitt angezogen.

Das Räuspern eines ungeduldigen Erzdämons entlockte mir ein Grinsen an Evangelines Lippen. »Ich glaube, Ashmedai hat jetzt Zeit für uns.«

Sie wirkte nicht im Geringsten verlegen. »Tatsächlich? Dann sollten wir uns ihm wohl zuwenden.«

Mit einem leisen Lachen legte ich die Flügel an meinem Rücken an und sie tat es mir gleich.

Ashmedai stand an das Geländer gelehnt mit Trudy an seiner Seite auf der Treppe. Es war interessant, wie sie stets bei ihm zu sein schien, und auch heute trugen sie zueinander passende kriegerische Lederoutfits.

Gefährten, flüsterte mir ein fremder Teil meines Geistes zu.

Unmöglich, erwiderte ich.

Der Erzdämon zog eine Augenbraue in die Höhe. »Seid ihr hier, um mit uns zu plaudern, oder wollt ihr uns helfen?«

Eine interessante Reaktion auf meine Gedanken. »Das hängt davon ab, womit ihr Hilfe braucht«, antwortete ich. »Meine rätselhafte Mutter hat uns geschickt und etwas von verschiedenen Pfaden gesagt.«

Ashmedai schnaubte. »Verdammtes Schicksal.« Er drehte sich um, wobei seine marineblauen Flügel unter der blau gefärbten Sonne aufleuchteten. »Folgt uns.«

Trudy schloss sich ihm ohne ein Wort des Grußes an und schritt selbstsicher neben ihm her.

»Wie lange ist sie schon hier unten?«, flüsterte Evangeline, als wir hinter ihnen hergingen.

»Mehrere tausend Jahre«, antwortete Trudy. In ihrer lebhaften Stimme lag ein Ausdruck, der von Alter und Erfahrung zeugte. »Aber die Zeit vergeht auf seltsame Weise, wenn man sich zwischen den Dimensionen hin- und herbewegt.«

Ashmedai legte die Hand auf ihr Kreuz und sie trat näher an seine Seite. Evangeline packte meinen Unterarm und gab mir damit zu verstehen, dass sie es auch bemerkt hatte und wir uns später noch darüber unterhalten würden.

Vielleicht sind sie tatsächlich ein Band miteinander eingegangen.

Wir betraten den Vergnügungssaal von Ashmedais opulentem Palast und gingen einen kunstvoll verzierten Korridor hinunter zu einer Art Einsatzzentrale. Auf der einen Seite hingen Karten an den Wänden, während auf der anderen Seite Überwachungsvideos liefen und eine taktische Zeichnung zu sehen war.

Die Dämonen waren fleißig gewesen.

Ich studierte die vertrauten Reiche, verglich sie mit denen in meiner Erinnerung und stellte fest, dass die meisten der Darstellungen eine Vorhersage der Zukunft waren, nachdem sich der Wandel vollzogen hatte. Unterschiedliche Farben schienen die Seiten anzuzeigen, auf denen sie standen, wobei sie alle ihre Pendants in verschiedenen Territorien auf der Erde hatten. Zebulon und Ashmedai waren mit der gleichen Farbe gekennzeichnet, was sie als Verbündete auswies.

Evangeline betrachtete die Zeichnungen mit geschultem Blick, denn aufgrund ihrer jahrtausendelangen Erfahrung war sie auf ein solches Ergebnis vorbereitet. »Ein dämonischer Krieg«, bemerkte sie mit ausdrucksloser Stimme. »Aber wer sind die Wesen, die mit roter Farbe markiert sind?«

»Enigmas«, antwortete Ashmedai. »Wesen, die mit unbekannten Mitteln an die Macht kommen und anderen die Ressourcen entziehen.«

Sie berührte eine mit grau markierte Fläche. »Und die grauen?«

»Das sind die entzogenen Ressourcen«, sagte Trudy, die sich zu ihr vor die Tafel stellte. »Die Erzdämonen verlieren an Macht und sterben, ebenso wie die Angehörigen ihrer Reiche. Die mit blau markierten – so wie Ashmedai – sind davon noch nicht betroffen.«

»Weil sie sich ihre eigenen Machtquellen angeeignet haben«, sagte ich beeindruckt. »Deshalb wolltest du Trudy, deshalb hat Bael Johanna, und lass mich raten, Alastor hat auch jemanden von Interesse gefunden?« Sein Reich war auf der Karte eindeutig blau gekennzeichnet, was auf seine florierenden Kräfte schließen ließ. »Ihr alle habt das Gleichgewicht angezapft, um euch selbst zu retten.«

Ashmedai zuckte nur mit den Schultern. »Wir tun nur, was nötig ist, um zu überleben.«

Trudy schnaubte. »Ja, es war wirklich eine Belastung für dich.«

Seine violetten Augen funkelten. »Es war äußerst hart, ja.«

Der Nephilim – oder was auch immer Trudy jetzt war – kniff die Augen zu dünnen Schlitzen zusammen. »Vorsicht, Ash. Ich kenne alle deine Schwächen.«

»Macht es nicht gerade deshalb so viel Spaß?«, fragte er und neigte den Kopf zur Seite. Er zwinkerte ihr zu, bevor er sich wieder auf mich konzentrierte. »Wie geht es euren Ältesten?«

»Sie heilen«, antwortete ich. »Dank Trudys Warnung hatten wir genügend Zeit, um uns vorzubereiten, doch ich glaube, dass der Überfall die meisten sehr erschüttert hat. Selbst bei aller Voraussicht und Vorbereitung hat niemand gedacht, dass es tatsächlich so weit kommen würde.«

»Es wird wieder passieren, und zwar schon bald.« Trudy zeigte auf einen roten Bereich der Hölle. »Hier versammeln sich gerade Truppen, doch sie haben nicht vor, eine Schlacht in der Hölle zu schlagen.«

»Also entweder auf der Erde oder im Himmel«, murmelte ich und betrachtete die Zahlen, die auf der Karte vermerkt waren. »Das sind eine Menge Dämonen.«

»Allerdings«, stimmte sie zu. »Angeführt von mächtigen Wesen ohne Namen.«

»Weil sie euch nicht bekannt sind?«, riet ich.

»Weil wir sie nicht identifizieren können.« Ashmedai verschränkte die Arme vor der Brust. »Soweit wir wissen handelt es sich um nieder gestellte Dämonen, die sich irgendwie genügend Macht angeeignet haben, um sich zu tarnen.«

»Ähnlich wie Kalida«, fügte Evangeline hinzu und runzelte die Stirn. »Sie ist dank Grant, einem Nephilim, in der Lage, ihre Aura zu tarnen. Aber er ist bei Weitem nicht stark genug, um so viele Dämonen zu verbergen.«

Ashmedai schüttelte den Kopf. »Kalida ist ein Phantom. Es scheint zwar offensichtlich, dass eine Verbindung zu ihr besteht, aber es ist eher unwahrscheinlich, dass sie etwas damit zu tun hat.«

»Er hat recht.« Trudy blätterte auf einem Schreibtisch durch einen Stapel Papiere, der augenscheinlich weitere Karten und Überwachungsdokumente enthielt, dann zog sie ein körniges Foto hervor und reichte es Evangeline. »Das ist das letzte Bild, das wir von ihr in unseren Akten haben. Es ist über siebenhundert Höllenjahre alt und wurde auf der Erde aufgenommen.«

Evangeline betrachtete das Foto mit einem Stirnrunzeln. »Ihr habt die Suche nach ihr also einfach aufgegeben?«

Trudy kniff ihre haselnussbraunen Augen zusammen. »Wir hatten Wichtigeres zu tun, falls du es noch nicht bemerkt hast.«

»Das heißt also ja. Ihr habt die offensichtlichste Verbindung ignoriert.« Evangeline legte das Foto mit einem Kopfschütteln zurück auf den Schreibtisch. »Diese Portale neulich Nacht wurden durch dieselbe Magie geschaffen, die Geier und Kalida auf der Erde benutzt haben, allerdings war sie noch stärker. Das kann kein Zufall sein.«

»Geier ist tot«, sagte Ashmedai. »Und Kalida ist zu schwach, um hinter all dem zu stecken.«

Ich zog eine Augenbraue in die Höhe. »Er ist tot?«

Soweit ich wusste, lebte der ehemalige Dämonische Lord noch und befand sich in Gewahrsam.

»Tru«, sagte Ashmedai und wandte sich ihr mit einem verschlagenen Funkeln in den Augen zu.

»Er hat mich verärgert«, murmelte sie. »Also habe ich ihn mit einer Silberklinge erstochen.«

»Nachdem sie ihm den Kopf abgeschlagen hatte«, fügte Ashmedai hinzu. »Es war ein glorreicher Anblick, Xai. Du hättest es genossen.«

So sehr ich ihm auch widersprechen wollte, ich konnte es nicht.

»Du bist wirklich erwachsen geworden«, staunte Evangeline voller Stolz. »Es tut mir leid, dass ich so viel von deiner Entwicklung verpasst habe und dass sie sich ausgerechnet hier vollzogen hat. Ich habe das Gefühl, dich im Stich gelassen zu haben.«

Trudy lächelte und zum ersten Mal kam ein Aufflackern ihrer Jugend zum Vorschein. »Ich habe weder dir noch Xai je einen Vorwurf gemacht.«

»Ist euch aufgefallen, dass mein Name nicht auf dieser Liste steht?«, bemerkte Ashmedai.

»Du weißt genau, warum du nicht auf der Liste stehst«, erwiderte sie, wobei ihr Lächeln verblasste und einem finsteren Blick wich, der jedoch von Bewunderung geprägt war.

Eindeutig Gefährten.

Ich hatte keine Ahnung, wie es dazu kommen konnte, doch ich würde die Geschichte liebend gern hören.

»Wie lange weißt du schon, dass sie Scions Tochter ist?«, fragte ich an Ashmedai gewandt.

»Von dem Moment an, in dem ich ihre Akte zum ersten Mal gelesen habe. Es gab keine andere Blutlinie, die für den Lieblingsschützling des Todes infrage gekommen wäre.« Er strich ihr mit den Fingerknöcheln über den

Arm. »Ich bin überrascht, dass du es nicht herausgefunden hast, als sie euch im Himmel gewarnt hat. Wer außer der Tochter des Krieges würde über einen derartigen strategischen Weitblick verfügen?«

»Aus diesem Grund hat deine Mutter uns zuerst hierher geschickt.« Evangeline trat an meine Seite, wobei sich unsere Flügel berührten. »Damit wir uns mit Trudy beraten können.«

»Ich heiße Tru.« Der ehemalige Nephilim klang belustigt und verärgert zugleich. »Ich bin schon lange nicht mehr unter dem Namen Trudy bekannt, und ich bin mir ziemlich sicher, dass ich euch beide schon mehrmals darauf hingewiesen habe.«

Evangeline bedachte sie mit einem wehmütigen Lächeln. »Für uns wirst du noch eine Weile Trudy sein. Noch vor wenigen Monaten, oder vielleicht auch Jahren, warst du noch ein kleines Mädchen. Wenn ich ehrlich bin, ist mein Zeitverständnis etwas durcheinandergeraten.«

Genau wie meines. Dennoch hatte ich eine Aufgabe immer noch klar vor Augen. »Da wir gerade von Zeit sprechen: Sie läuft uns langsam davon, und wir sollten uns beeilen, wenn wir Kalida noch schnappen wollen.«

Evangeline richtete sich auf und straffte die Schultern. »Richtig. Der Erzengel des Schicksals hat uns einen Ort genannt, wollte aber, dass wir zuerst hier haltmachen.«

»Ihr wisst, wo Kalida sich versteckt?« Trudy klang fasziniert, während Ashmedai gelangweilt wirkte.

Es war schon seltsam, dass er derjenige war, der den Stein ins Rollen gebracht hatte und sich jetzt überhaupt nicht mehr dafür zu interessieren schien. *Man könnte fast glauben, du hättest das alles inszeniert, nur um Trudy einzufangen.*

Er verzog die Lippen zu einem Lächeln. »Das Schicksal geht wirklich geheimnisvolle Wege, findet ihr nicht auch?«

Die Frauen blickten ihn verwirrt an, während ich die Augen zu dünnen Schlitzen zusammenkniff. »Du schuldest Evangeline noch eine Wunde, Ashmedai. Glaube nicht, ich hätte das vergessen.«

»Natürlich nicht.« Er klang viel zu heiter für einen Mann, der gleich erstochen werden würde. »Aber dürfte ich vorschlagen, dass wir zuerst Kalida finden? Es sei denn, du willst mich außer Gefecht setzen, wodurch ich euch nicht von Nutzen sein könnte.«

Evangeline blickte zwischen uns hin und her. »Wovon redet ihr?«

»Ash hat zugestimmt, dass du ihn abstechen darfst und er keine Vergeltung üben wird«, erklärte Trudy leise. »Ich meine, damals, als du verschwunden warst.«

Evangeline zog die Augenbrauen in die Höhe. »Warum?«

»Weil Xai es von mir verlangt hat«, sagte Ashmedai mit einem Grinsen. »Er gab mir die Schuld daran, dass Kalida dich entführt hat.«

Sie schien darüber nachzudenken, dann verfinsterte sich ihr Blick. »Ja, du warst es, der uns damit beauftragt hat, nach ihr zu suchen.« Sie wandte die Aufmerksamkeit erst mir und dann wieder ihm zu. »Warte …«

Trudy packte Evangeline am Arm. »Also schön, bevor wir weiter Ash die Schuld für alles geben – was übrigens eine meiner Lieblingsbeschäftigungen ist –, könntet ihr mir bitte sagen, wo sich Kalida befindet, damit ich eine Strategie entwickeln kann?«

Evangeline schüttelte verwirrt den Kopf und war hin- und hergerissen zwischen der Aufgabe, Kalida zu finden, und Ashmedai zu erstechen. Am Ende siegte ihr Bedürfnis nach Rache und sie zeigte auf die Karte. »Alastors Reich. Das ist alles, was wir wissen.«

»Alastor?«, fragten Ashmedai und Trudy im Chor.

»Das ist unmöglich«, fügte der Erzdämon hinzu. »Er würde so etwas niemals zulassen.«

»Es sei denn, er weiß es nicht.« Trudy tippte sich ans Kinn. »Er hat eines der verbliebenen Portale zur Erde. Könnte sie unbemerkt hindurchgeschlüpft sein?«

»Würdest du es denn tun?«, entgegnete er. Ich erkannte sofort, was er vorhatte – er drängte seine Gefährtin dazu, eigenständig zu denken, und verlieh ihr durch diesen einfachen Anstoß Unabhängigkeit und Stärke.

Ich stimmte widerwillig zu, da ich bei Evangeline oft dieselbe Taktik anwandte. Sie brauchte meine Bestätigung nicht, sondern nur meine Unterstützung und gelegentlich eine beiläufige Beleidigung, mit der ich sie dazu brachte, mir das Gegenteil zu beweisen. Ich liebte die Herausforderung ebenso wie sie, weshalb sie es mir häufig mit gleicher Münze heimzahlte.

»Ja.« Trudy deutete auf einen Eingang. »Hier. Aber die eigentliche Frage ist, warum sollte sie sich in Alastors Reich wagen, wenn sie sich in so vielen anderen Gebieten der Hölle verstecken könnte, ohne entdeckt zu werden?«

»Weil Alastor der Erzdämon der Pestilenz ist und ein direktes Portal zur Erde besitzt«, flüsterte Evangeline und wurde blass. »Durch die Übernahme seines Reiches würde sie den Schlüssel zur Zerstörung der Erde in der Hand halten.«

»Deshalb wird sein Reich im Moment auch am stärksten bewacht«, warf Ashmedai stirnrunzelnd ein. »Er ist auf einen Angriff vorbereitet.«

»Es sei denn, er sieht die Bedrohung nicht kommen«, gab Evangeline zu bedenken. »Wie dem auch sei, wir müssen uns sofort in Alastors Reich begeben.«

»Ashmedai kann nicht mitkommen«, sagte Trudy und

ergriff sein Handgelenk. »Er muss hierbleiben, um sein Reich zu beschützen. Aber ich kann euch begleiten.«

Er stieß ein leises ablehnendes Knurren aus. »Auf keinen Fall.«

Sie starrte zu ihm auf, wobei sie völlig unbeeindruckt von der besitzergreifenden Energie zu sein schien, die von ihm ausging. »Wir haben eine Abmachung, Ash.«

Er starrte ihr einen Moment lang in die Augen, während sich zwischen ihnen eine Art stummer Willenskampf zu vollziehen schien. Dann packte er sie und küsste sie mit einer solchen Leidenschaft, dass ich fast lächeln musste. Die beiden erinnerten mich an mich selbst und Evangeline, und als sie mit einem Funkeln in den Augen zu mir aufblickte, wusste ich, dass sie dasselbe dachte. Ich drückte ihre Hand und sie erwiderte die Geste.

Trudy löste sich schwer atmend von Ashmedai. »Tu. Das. Nicht.«

Er grinste nur. »Ich liebe es, wenn du mich tadelst, Prinzessin.«

Sie knurrte irritiert und fuhr sich mit den Fingern durchs Haar, bevor sie ihre Kleidung glatt strich. »Wir sollten gehen. Ich werde mich auf die Suche nach einem Portalhüter machen.«

Gut. Dadurch könnte ich Energie sparen, und ich ahnte, dass ich sie brauchen würde.

KAPITEL 15

Meinen Glückwunsch, du hast es gerade auf die Liste der Wesen geschafft, die ich auf der Stelle töten will

Der Mangel an Blautönen in Alastors Reich war eine willkommene Abwechslung, aber auf die Hitze hätte ich verzichten können. »Es ist, als stünde man in einem Ofen«, murmelte ich.

Xai schnaubte. »Sommer in der Hölle.«

»Ich bevorzuge den Winter.« Zumindest in der Unterwelt.

»Ich auch.« Er stieß mit den Federn die meinen an. Seit meine Flügel zurückgekehrt waren, tat er das ständig. Ich erwiderte die Liebkosung, zufrieden an seiner Seite, während wir darauf warteten, dass Alastor uns begrüßte. Trudy hatte vorher angerufen und gesagt, sie hätte einen Bekannten an seinem Hof.

Ich konnte es immer noch nicht fassen, dass sie in der Hölle lebte und offenbar Ashmedais Gefährtin war. Alle noch lebenden Erzdämonen hatten sich in irgendeiner Form mit dem Himmel verbunden, es hatten sich sogar einige Erzengel mit Bewohnern der Hölle zusammengetan.

Wie hatte sich so viel in so kurzer Zeit verändern können? Sicher, in der Unterwelt waren einige tausend

Jahre vergangen, aber auf der Erde war es nur etwa ein Jahrzehnt, und im Himmel nicht einmal zwei Wochen. Es schien unmöglich, dass das Gefüge zusammenbrechen könnte. Es war, als hätte jemand das Ganze *geplant.*

»Sie werden euch jetzt empfangen«, ertönte eine Frauenstimme unter einem dunkelblauen Gewand.

»*Sie?*«, wiederholte ich.

Xai zuckte mit den Schultern. »Vielleicht hat sich Alastor auch eine Gefährtin genommen?«

»Oh, du solltest Lucía nicht so nennen, es sei denn, du willst sie verärgern«, sagte Trudy warnend und ging voraus. »Sie und Alastor verstehen sich nicht sonderlich gut miteinander.«

»Du meinst Lucía, das Mitglied der Göttlichkeit?«, fragte Xai und klang dabei genauso verblüfft, wie ich mich fühlte.

»Genau die.« Trudy bemerkte unsere schockierten Blicke offenbar nicht, denn sie folgte der blau gewandeten Lakaiin ohne ein weiteres Wort.

»Alles ist aus dem Gleichgewicht geraten«, flüsterte ich.

»Oder es gerät gerade wieder ins Gleichgewicht«, sinnierte Xai und legte eine Hand auf mein Kreuz. »Es wurde wirklich Zeit, dass sich etwas verändert.«

Damit hatte er recht. Es war mehrere Jahrtausende her, seit Himmel und Hölle das letzte Mal eine Neuausrichtung durchlaufen hatten. Die Erde hatte mit der Erschaffung der Göttlichkeit im Mittelpunkt gestanden, doch diese hatte sich offenbar aufgelöst.

Ich zog die Augenbrauen in die Höhe, als ich sah, dass Alastor und Lucía auf zwei Thronen saßen und in Abendgarderobe gekleidet waren, als würden sie an einer schicken Gala teilnehmen. Alastors Anzug war ebenso wie sein lehnenloser Stuhl extra für ihn angefertigt worden, damit er seine dunkelbraunen Flügel entfalten konnte.

Lucía, die Tochter eines Erzengels und eines Erzdämons, hatte nie Federn besessen. Es war eine Konsequenz dessen, dass ihre Eltern mit ihrer Zeugung das Gleichgewicht gestört hatten. Aber auch ohne Flügel verfügte sie über große Macht, die hell in ihren mehrfarbigen Augen leuchtete.

»Sohn des Chaos, Tochter des Todes«, begrüßte sie uns förmlich. »Seid ihr wegen der Störung gekommen?«

Alastor schnaubte und verzog sein gut aussehendes Gesicht vor Verärgerung. »Du hast den Himmel gerade erst angerufen, Lucía. Nicht einmal da oben arbeiten sie so schnell.«

»Du sprichst von Dingen, die du nicht verstehst«, entgegnete sie mit einem bissigen Unterton in der Stimme. »Der Sohn des Chaos ist auch der Sohn des Schicksals, und ich nehme an, seine Mutter hat ihn geschickt. Oder irre ich mich?« Sie wandte sich um Bestätigung heischend an Xai und fixierte ihn mit ihren unheimlichen Augen.

»Wenn du mit Störung den Einbruch in unsere Dimension meinst, dann ja«, antwortete er mit geschmeidiger Stimme.

»Ausgezeichnet.« Sie blickte zu Alastor und schien völlig unbeeindruckt von seinen perfekten Wangenknochen, dem markanten Kiefer und den ebenmäßigen Gesichtszügen. Ich bevorzugte natürlich Xai, aber selbst ich musste zugeben, dass der Erzdämon schön war. Das waren sie alle. »Wie ich schon sagte«, murmelte sie, »der Himmel ist in jeder Hinsicht überlegen.«

»Seht ihr, womit ich mich täglich herumschlagen muss?«, fragte er und deutete mit einer trägen Handbewegung auf Lucía. »Sie ist unmöglich. Bitte nehmt sie mit.«

Lucía schürzte die Lippen und konzentrierte sich wieder auf uns. »Für jeweils hundert Jahre in der Hölle wird mir eine Stunde im Himmel gewährt. Man sollte meinen, dass ich für die Aufrechterhaltung seines Reiches und den Schutz seines Volkes Dankbarkeit verdient hätte, doch stattdessen muss ich auf einen Erzdämon aufpassen, der sich wie ein kleines Kind benimmt.«

Alastor lachte leise. »An mir ist nichts Kindliches, Süße.«

Sie verdrehte die Augen. Offensichtlich war sie mit ihrer Geduld am Ende. »Die Störung, nach der ihr sucht, befindet sich zwei Blocks weiter nördlich.« Sie nannte uns einige Einzelheiten, darunter eine Adresse, die nur ein Höllenbewohner verstehen würde. »Nehmt ein paar Wachen mit. Sie trieft geradezu vor Bosheit.«

»Eine Wache wird nicht nötig sein.« Alastor stand auf und schloss den einzigen Knopf seines anthrazitfarbenen Jacketts. »Ich werde mich ihnen anschließen.«

»Mach dich nicht lächerlich. Du bleibst hier und überlässt die Angelegenheit ihnen.« Lucías Tonfall duldete keinen Widerspruch, aber das schien Alastor nicht zu interessieren. Die Aussicht, ihr zu trotzen, schien ihn vielmehr zu amüsieren.

»Einen abtrünnigen Dämon zu finden und mit ihnen zusammen zu töten klingt weitaus aufregender als ein weiterer Moment in Eurer Gesellschaft, *Eure Hoheit.*« Mit diesen sarkastischen Worten verbeugte er sich spöttisch und gesellte sich zu unserer Gruppe.

Trudy hatte die ganze Zeit über grinsend abseitsgestanden und war offenbar an das Gezänke zwischen Alastor und Lucía gewöhnt.

In meinem eigenen Gesicht zeichnete sich wahrscheinlich gerade ein Ausdruck der Verwirrung ab, denn wer auch immer für diese Verbindung verantwortlich war, hasste augenscheinlich entweder eine oder beide beteiligten Parteien. Lucía und Alastor könnten von ihrem

Temperament und ihrer Persönlichkeit her nicht unterschiedlicher sein.

»Also schön«, antwortete Lucía. »Ich könnte ein wenig Ruhe gebrauchen.«

»Oh, glaub mir, Liebling, das könnte ich auch.« Er winkte ihr zu und ging voraus.

»Danke, dass Ihr den Himmel angerufen habt«, sagte Xai zu Lucía und verbeugte sich leicht, um seine Ehrfurcht zu bekunden. »Wir werden uns des Problems annehmen.«

»Gern geschehen«, erwiderte sie auf die für sie typische sittsame Art. »Und ihr könnt Alastor dabei ruhig umbringen. Aus Versehen, versteht sich.«

»Das habe ich gehört«, rief der Erzdämon ihr vom Ausgang her zu.

»Das hatte ich gehofft«, erwiderte sie und lächelte triumphierend. »Ich habe nur versucht, die Stille in die Länge zu ziehen, *Liebling*.«

»Und ich habe dir einige Vorschläge unterbreitet, wie du das bewerkstelligen kannst«, entgegnete er. »Vielleicht solltest du darüber nachdenken, während ich weg bin.«

Zornesröte kroch ihr in den Nacken und sie kniff die Augen zu dünnen Schlitzen zusammen. »Niemals.«

»Ich liebe es, wenn du lügst«, erwiderte er und zwinkerte ihr zu. »Wollen wir?«, fragte er die anderen, als er die Hand auf den Türknauf legte. »Ich bin begierig darauf, jemanden zu töten.«

»Ja«, sagte ich. »Ich auch.«

Er lächelte. »Tochter des Todes, das gefällt mir.«

Ich spürte, wie Xai die Hand an meinem Kreuz anspannte, während er jedoch äußerlich gelassen wirkte. »Du hast gerade gesagt, dass du vorausgehen wolltest?«, fragte er mit einem bissigen Unterton in der Stimme.

Alastor lachte leise. »Besitzergreifend, wie es sich gehört. Und ja, folgt mir.« Seine schokoladenbraunen

Flügel berührten beim Gehen den Boden, was mir verriet, dass er trotz seiner eleganten Kleidung eine legere Umgebung bevorzugte.

»Mach's gut, Lucía«, rief Trudy über ihre Schulter. »Ich melde mich bald, wir sollten uns irgendwann zum Mittagessen treffen.«

»Bitte tu das. Ich könnte die Pause gebrauchen.«

Trudy lachte, als sie mir folgte und die Tür zu den Gemächern hinter uns schloss. »Ihr seid miteinander befreundet?«, fragte ich erstaunt.

»Flüchtig, ja. Uns verbindet unsere Frustration über die Erzdämonen«, murmelte sie mit einem Lächeln in der Stimme.

Alastor stieß daraufhin ein Schnauben aus. Seine Verärgerung war ihm deutlich anzumerken. »Ich betrachte diesen kleinen Ausflug als eine Art Urlaub. Ich will nichts über die Gottheit oder das Ding hören, das in meinem Palast lebt, in Ordnung?«

»Ein Urlaub«, wiederholte ich, »umgeben von Blut.«

»Siehst du, ich wusste doch, dass ich dich mag.« Er zwinkerte mir über die Schulter hinweg zu, was Xai ein leises Knurren entlockte. »Es ist nur ein unschuldiger Flirt, Sohn des Chaos. Versprochen.«

»Lass es einfach«, erwiderte er düster.

Alastor zuckte mit den Schultern. »Du weißt offensichtlich nichts über mich.« Er öffnete einen Seitenausgang, hinter dem eine Horde blau gekleideter Dämonen mit Alastors Siegel auf ihren Umhängen wartete.

»Sie wird uns kommen sehen«, murmelte ich leise, vor allem zu Xai.

»Diesbezüglich habe ich eine Idee«, antwortete Trudy leise. »Alastor?«, fragte sie etwas lauter.

»Ja, Schätzchen?«, fragte er und drehte sich mit einem

verruchten Grinsen zu ihr um, das wahrscheinlich dazu dienen sollte, den Frauen den Verstand zu rauben. »Wie kann ich dir helfen?«

Trudy schien, genau wie Lucía, völlig unbeeindruckt zu sein, wahrscheinlich weil Ashmedai bei ihr die gleiche Taktik anwandte. »Ich würde gern über unsere Strategie sprechen. Wir kennen Kalidas Aufenthaltsort, aber wir müssen vorsichtig vorgehen, denn sie hat eine Vorliebe dafür, die Flucht zu ergreifen.«

Er lehnte sich gegen den Türrahmen. »Ich höre.«

Ihr Gesichtsausdruck erhellte sich vor Aufregung, als sie uns ihren beeindruckenden und detaillierten Angriffsplan darlegte, der mich genau dort positionierte, wo ich sein wollte – als diejenige, die dazu bestimmt war, Kalida zu töten.

»Das scheint mir fair zu sein«, fügte Trudy hinzu, nachdem sie diesen Teil erläutert hatte.

»Dem stimme ich zu«, murmelte Xai, während er mit dem Daumen den Bund meiner Jeans direkt über meinem Kreuzbein nachzeichnete. »Aber ich werde bei ihr sein.«

Trudy nickte und fuhr fort, indem sie uns zwei Ausweichpläne aufzeigte, nur für den Fall, dass unser ursprünglicher Plan nicht funktionieren sollte. Schließlich wandte sie sich um Zustimmung heischend an Alastor. Er zuckte nur mit den Schultern. »Für gewöhnlich ziehe ich einen langsameren Tod durch irgendeine Krankheit vor, aber ich gebe mich auch mit einem blutigen Tod zufrieden.«

»Du kannst Grant ja mit irgendetwas infizieren«, bot ich an. »Als Geschenk dafür, dass du uns hilfst.«

Er lächelte. »Würdest du mir dabei zusehen?«

»Ja.« Meine Seele sehnte sich nach Rache, die mit dem Tod des Nephilim verbunden war. Und falls es schmerzhaft werden sollte, war es umso besser.

»Dann haben wir eine Verabredung.« Er schenkte meinem finster dreinblickenden Engel ein Grinsen. »Du kannst dich uns gern anschließen. Es macht mir nichts aus.«

Xai erwiderte nichts, sondern ließ nur seine Hand nach unten gleiten, um meinen Hintern zu umfassen und mich näher an sich zu ziehen. Ich lehnte meinen Kopf an seine Schulter und erwiderte die besitzergreifende Geste.

Trudy räusperte sich. »Ich schlage vor, wir setzen uns in Bewegung, bevor wir unsere Chance verpassen.«

Der Gedanke, dass Kalida entkommen könnte, brachte mein Blut in Wallung und ließ mein Innerstes mit dem Bedürfnis nach Rache auflodern. Sie hatte mit ihrer dunklen Seele die Leben vieler verdorben, einschließlich mein eigenes, und dafür würde sie sterben. Der Gerechtigkeit *musste* Genüge getan werden.

»Geh«, flüsterte Xai. »Ich werde dir folgen.«

Ich antwortete nicht, als meine Füße sich bereits in Bewegung setzten. Ich hatte mein Ziel anvisiert, meine Seele verlangte nach Vergeltung. Nur weil ich die Tochter des Todes war, bereitete mir das Töten kein Vergnügen. Es bedeutete, dass ich die Verantwortung dafür trug, über diejenigen zu richten, die anderen unrecht getan hatten, und Kalida stand ganz oben auf meiner Liste.

Die Zeit ist gekommen.

Ja.

Ihre Strafe muss vollstreckt werden.

Ja.

Finde sie. Finde sie jetzt.

Ja.

Ich ging in die Richtung, die Lucía uns genannt hatte, und war mir mit jedem Schritt sicherer, dass ich mein Ziel gefunden hatte. Ich entfaltete meine Sinne, um nach ihrer Aura zu suchen, doch ich konnte sie nicht finden.

Grant.

Er muss bestraft werden.

Ich weiß.

Xai ging lautlos hinter mir her, aber ich spürte seine Anwesenheit so deutlich wie ein Brandzeichen auf meinem Herzen. *Du bist in jeder Hinsicht mein.* Ich hatte kaum den Eindruck, mich in der Hölle zu befinden, denn ich fühlte mich lebendiger und stärker denn je. Ich empfand keinerlei Schmerzen, zeigte keine Schwächen, sondern strotzte vor Kraft und Energie, die in mir aufblühten.

Ich hatte keine Ahnung, ob es an meiner Verbindung zu Xai lag oder etwas anderes dafür verantwortlich war, doch ich hatte jetzt keine Zeit, darüber nachzudenken.

Das Gebäude, das Lucía beschrieben hatte, ragte etwa vier Meter vor mir auf. Ich konnte nichts Ungewöhnliches daran erkennen, es war nur ein normales zweistöckiges Haus mit Stuckverkleidung und einem schwarz glitzernden Dach. Mit einem Flügelschlag sprang ich in die Luft und landete leise auf dem Dach des Hauses, genau wie wir es besprochen hatten. Xai ließ sich neben mir nieder und sein prächtiges Gefieder schien mit der Umgebung zu verschmelzen, während er sich mit wachsamem Blick umsah.

Ich lauschte auf ein Lebenszeichen, eine Unterhaltung, irgendetwas, das darauf hindeutete, dass Kalida noch im Haus war.

Doch ich konnte nichts hören.

Ich schlich weiter vor und beäugte den Balkon im ersten Stock und die wehenden Vorhänge, die darauf hindeuteten, dass jemand die Schiebetür offen gelassen hatte.

Zu einfach.

Eine Falle.

Xai schien mir zuzustimmen und schüttelte den Kopf.

Die anderen um uns herum gingen alle in Stellung. Trudy kletterte auf das Dach des Hauses gegenüber und hatte eine Pistole in der Hand, die ich vorher nicht bemerkt hatte. Alastor hatte sich mit drei Mitgliedern seiner Königlichen Garde in die Lüfte geschwungen, wobei sie vorgaben, einen Nachmittagsausflug zu unternehmen. Zwei weitere Wachen hatten sich ähnlich wie Trudy auf einem Dach positioniert. Wir alle bereiteten uns darauf vor, uns auf Kalida und ihre Begleiter zu stürzen.

Ich ließ den Blick über unsere Verstärkung und die Waffen schweifen und grinste.

Ja. Warum sollten wir uns die Mühe eines Überraschungsangriffs machen, wenn wir der Schlampe eindeutig zahlenmäßig überlegen waren?

Wir könnten uns ein wenig vergnügen.

Xai zog eine Augenbraue in die Höhe. *Was schwebt dir denn vor, Liebes?*, schien er mich zu fragen.

Ich lächelte und nickte. *Folge mir.* Ich sprang vom Gebäude und landete auf der mit Sand bedeckten Straße.

Abgesehen von den hohen Fenstern konnte ich keinen Eingang an dem Haus entdecken. Darüber hinaus nahm ich an, dass die Fenster nicht ganz so geöffnet waren, wie sie schienen. Immerhin befanden wir uns in der Hölle.

Wo ist die Tür?, fragte ich mich und betrachtete jedes Detail der braunen Fassade. Die verschiedenen Muster, die in die Seitenwand geätzt waren, gingen nahtlos ineinander über, bis auf einen Fleck an der Ecke.

Ich zeigte mit dem Kinn darauf und Xai grinste. *Los geht's.*

Trudy hatte vorgeschlagen, Kalida aus dem Hinterhalt zu überfallen. Ich war zwar einverstanden, aber ich brauchte keine Verstärkung. Der Tod sehnte sich nach Rache und ich würde sie ihm liefern.

Ich bewegte mich vorsichtig vorwärts, wobei ich nach

möglichen Fallen Ausschau hielt. Als ich etwa sechzig Zentimeter vor dem Eingang einen winzigen, unförmigen Felsbrocken erblickte, hätte ich fast laut aufgelacht.

Eine Schallgranate, gab ich Xai mit einem Blick zu verstehen.

Er wirkte genauso unbeeindruckt, wie ich mich fühlte.

Wirklich, Kalida konnte es eigentlich besser. Es war fast so, als wollte sie entdeckt werden. Und wenn sie im Inneren nicht gerade eine Waffe schussbereit im Anschlag hielt, hatte sie keine Chance.

Ich begutachtete das Wandmuster und suchte nach dem Auslöser, der die Tür öffnen würde. *Da ist er ja.* Ich streckte die Hand in die Höhe und zählte mit den Fingern den Countdown. Bei eins ergriff ich ein Messer und trat so fest ich konnte auf die Stelle.

Der Eingang öffnete sich und saugte mich mit Xai im Schlepptau hinein. Ich verlor für einen kurzen Moment das Gleichgewicht, als jemand im Wohnbereich aufsprang und einen Schrei ausstieß. Es war ein Mann, keine Frau, aber das war mir egal. Mein Messer landete zielsicher in seinem Kopf und brachte sein Geschrei zum Verstummen.

Ich trat ins Haus und hatte bereits ein weiteres Messer gezückt.

Jemand kam die Treppe hinunter und erstarrte, als er mich im Eingangsbereich erblickte. Sternlose Augen, schwarzes Haar, vernarbtes Gesicht.

Kalida.

Ich lächelte. »Schatz, ich bin wieder da.«

Sie stürmte mit erhobenem Arm und einer Pistole in der Hand auf mich zu.

Ich zögerte nicht und schleuderte mein Messer durch die Luft. Ich traf ihr Handgelenk und die Wucht des Aufpralls ließ sie zurücktaumeln. Die Klinge durchbohrte ihren Knochen und fesselte sie an den Boden.

»Wunderschön«, lobte Xai, dessen freudiger Tonfall deutlich zu hören war.

»Ein Kinderspiel«, antwortete ich. Aber es war wirklich ein spektakulärer Wurf gewesen, vor allem, da er mein Ziel gefangen hielt. Kalida hätte sich zwar befreien können, indem sie das Messer aus ihrem Handgelenk zog, doch dank des Griffes, der aus reinem Silber bestand, gestaltete sich das für einen Dämon besonders schwierig.

»Hast du mich vermisst?«, fragte ich mit düsterer Stimme.

Sie knurrte und griff mit ihrer freien Hand in die Tasche ihrer Jeans.

Ich schüttelte missbilligend den Kopf, ergriff eine weitere Klinge und rammte sie ihr in die Schulter, wobei ich ihre Sehnen durchtrennte.

Sie schrie vor Schmerz auf und ein dämonisches Wort kam ihr über die Lippen.

»Es tut mir leid.« Ich neigte den Kopf zur Seite. »Hat das etwa wehgetan?«

Als Antwort gab sie nur einen gurgelnden Laut von sich.

Ich verzog die Lippen zu einem Lächeln. »Gut.«

»Liebes.« Xai streckte mir sein Schwert mit dem Griff voran entgegen. »Würdest du das bitte benutzen?«

Ich zog eine Augenbraue in die Höhe. »Ist das dein Ernst?«

»Tu mir den Gefallen.«

Ich seufzte und nahm die übergroße Waffe entgegen. »Aber nur, weil ich dich liebe.«

In seinen mitternachtsschwarzen Augen blitzte Vorfreude auf. »Lass ordentlich viel Blut fließen.«

Diesen Gefallen konnte ich ihm zweifellos erweisen.

Ich näherte mich leichtfüßig der am Boden liegenden Gestalt, während meine Seele nach Gerechtigkeit verlangte. »Obwohl ich liebend gern mehr über deine Beziehung zu Grant erfahren hätte und zu gern wissen würde, wie du ihn benutzt hast, um dich zu verstecken, ist dein Tod wichtiger, Kalida.«

Auf keinen Fall wollte ich die Sache in die Länge ziehen und ihr eine Chance zur Flucht geben.

Nicht schon wieder.

Scheiß auf das Verhör.

Scheiß auf alles.

Ich wollte sie einfach nur tot sehen.

Ich stieß ihr Kinn mit der scharfen Klinge des Schwertes an, weil ich ihr in die Augen blicken wollte. »Danke, Kalida«, murmelte ich. »Dafür, dass du versucht hast, mich zu brechen.« Ich kniete mich neben sie und hielt ihren entsetzten Blick fest. »Denn dank dir bin ich jetzt stärker denn je.«

Sie stieß erneut einen Schrei aus, wobei ihre dämonischen Worte nichts als Kauderwelsch waren, dann zeichnete sich der Schmerz über den Verrat auf ihrem Gesicht ab. Hatte sie wirklich erwartet, dass Grant stark genug sein würde, sie zu retten? Wohl kaum.

Es ist so weit.

Meine Seele schmerzte und flehte mich an, ihr den Garaus zu machen, das Universum von Kalidas schwarzer Existenz zu befreien und ihren grausamen Machenschaften ein Ende zu bereiten.

Kalida hatte genug angerichtet.

Sie musste verschwinden.

»Auf Nimmerwiedersehen, Kalida«, flüsterte ich, wobei ich die tödliche Spitze der Klinge genau über ihrem Herzen schweben ließ, als ich mich erhob. »Mögest du in der ewigen Hölle ruhen.«

Ich übte mehr Druck als nötig aus, als ich das Schwert durch ihr Herz in den Boden unter ihr rammte. Sie stieß die Luft aus, als ihr Körper das Silber in ihrem Herzen verarbeitete und es durch ihre Adern pumpte.

Xai sagte nichts, während ich zusah, wie das Leben aus ihrem Körper wich.

Er rührte sich nicht, als ihre Augen nach hinten rollten.

Dann lächelte er, als ihre Überreste zu Asche zerfielen.

Ihr Geist erhob sich und die berauschende Energie wandte sich mir zu und verband sich mit der Seele des Todes, genau wie all jene, die ich vor ihr getötet hatte. Ich schloss die Augen, hieß sie willkommen und verwandelte die negative Energie im Nu in etwas Positives. Dann spürte ich, wie sich Frieden in der Atmosphäre um uns herum ausbreitete.

Verschwunden.

Zerstört.

Rein.

Ihr Urteil war vollstreckt worden.

»Du wolltest, dass es schnell geht«, murmelte Xai und ich hörte, dass er sich wieder in Bewegung setzte.

Ich nickte.

»Die anderen werden enttäuscht sein, aber ich bin froh, dass es erledigt ist, auch wenn sie ein weitaus härteres Schicksal verdient hätte«, sagte er. Das Klirren von Metall verriet mir, dass er unsere Waffen einsammelte.

»Gerechtigkeit«, flüsterte ich. Ich hatte die Augen noch immer geschlossen, während meine Seele Kalidas Ableben weiter verarbeitete. »Der Gerechtigkeit wurde Genüge getan.«

Ein gemäßigtes Klatschen ertönte von oben, gefolgt von dem Knarren einer Treppe, als ein Wesen, das ich seit Ewigkeiten nicht mehr gesehen hatte, langsam herabstieg. Er betrachtete mich aus seinen kalten, uralten Augen.

Dariel.

Der Erzengel der Verborgenheit.

KAPITEL 16

Es wird Zeit, dass das Chaos zum Spielen herauskommt

»Der Erzengel des Schicksals hat es schon immer genossen, sich in alles einzumischen«, murmelte Dariel, als er die unterste Stufe erreichte. »Nicht dass ich beunruhigt wäre. Kalida hatte schon seit Langem keinen Nutzen mehr für mich, doch Grant hat darauf bestanden, sie zu behalten.«

Ich stellte mich neben Evangeline, deren Körper vor Überraschung angespannt war. »Dariel«, grüßte ich ihn mit ausdrucksloser Stimme.

»Xai«, erwiderte er, wobei sein Tonfall ebenso emotionslos war.

»Als Ashmedai vermutet hat, dass du Grants Vater sein könntest, habe ich erwidert, dass diese Andeutung sicher eine Beleidigung für dich wäre. Es ist faszinierend, dass er recht hatte.« Damals hatte ich mir nicht viel dabei gedacht. Jetzt erkannte ich meinen Fehler. »Es ist schön, dem Verursacher dieses Wahnsinns endlich ein Gesicht zuordnen zu können, aber du arbeitest doch sicher nicht allein.«

»Nein, das tue ich nicht«, stimmte er zu und verzog die

Lippen zu einem Lächeln. »Vielleicht solltest du deine Mutter nach weiteren Namen fragen? Oh, aber nur, falls sie überlebt.«

Ich zog die Augenbrauen in die Höhe. »Soll das eine Drohung sein?«

»Eher ein Hinweis auf die aktuellen Geschehnisse«, antwortete er, während er seine Flügel flattern ließ und mit der braunen Struktur, die ihn umgab, verschmolz. Nicht viele besaßen die Fähigkeit, ihr Aussehen zu verändern, aber als Erzengel der Verborgenheit war er dazu in der Lage. In jeder Hinsicht. »Ich wusste, dass sie euch hierherschicken würde«, fuhr er fort. »Ich habe es sogar garantiert.«

Ein beunruhigendes Gefühl, das einer Vorahnung gleichkam, regte sich in mir.

»Habt eine gute Reise, aber kommt bald zurück. Wir brauchen euch.«

Was hatte meine Mutter gesehen, das mit dieser möglichen Zukunft verflochten war?

»Du spürst es, nicht wahr?« Dariel kam die letzte Stufe herunter und landete vor uns auf dem Boden mit einer Endgültigkeit, die mein Wesen erschütterte. »Der Himmel wird fallen. Diese Portale zuvor waren nur ein Test und dienten dazu, die Stärksten unter uns zu schwächen. Jetzt haben sie keine Chance mehr, nicht, solange ihre Kräfte geteilt sind.«

Denn du bist nicht der Einzige, der diesen Weg gewählt hat. Der Gedanke entsprang einem Teil in meinem Inneren, der mir noch fremd und erst kürzlich erwacht war. *Es gibt noch mehr Verräter im Himmel.*

»Warum hast du diesen Weg gewählt, Dariel?«, fragte ich, wobei ich eher neugierig als verängstigt war. Mein Instinkt sagte mir, dass ich genau hier sein musste, und ich vertraute darauf.

»Langweilt dich die friedliche Teilung nicht?«, konterte er. »Würde es nicht mehr Spaß machen, wenn wir unsere eigenen Territorien auf der Erde verwalten und uns die Sterblichen untertan machen könnten? Warum dürfen nur die Dämonen den ganzen Spaß haben?«

Ich starrte ihn an. »Du glaubst, dass es Spaß macht, mit Menschen zu verkehren?«

Er zuckte mit den Schultern. »Sie sterben so oft, dass ich ständig neue Spielzeuge zur Verfügung hätte. Was soll daran nicht vergnüglich sein?«

Alterswahnsinn, dachte ich. Dariel war mit der Zeit verrückt geworden. Es kam hin und wieder vor, wenn die Ältesten unter uns unsere grundlegenden Werte vergaßen und sich stattdessen einem tödlicheren Zeitvertreib zuwandten.

»Du hast deinen verdammten Verstand verloren«, sagte Evangeline, ihr Körper war von oben bis unten angespannt, während sie sich nach Vergeltung sehnte. »Ohne das Gleichgewicht wird der Himmel zerstört werden.«

Er verzog die Lippen zu einem Lächeln. »Ich weiß.«

»Es ist ihm egal.« Ich legte den Kopf schief und musterte ihn. »Er will, dass der Himmel fällt und damit die Erde für immer verändert wird. Aber was ist mit der Hölle?«

»Was soll damit sein?«, fragte er mit einem verächtlichen Blick. »Sie zerbröckelt bereits durch das Ungleichgewicht. Es ist ein minderwertiges Reich. Soll es sich doch selbst zerstören.«

»Dann werden die Dämonen die Erde bevölkern.« Evangelines Tonfall ließ darauf schließen, dass ihr langsam der Geduldsfaden riss, und die Klinge, die sie zwischen ihren Fingern kreisen ließ, deutete darauf hin, welche Lösung sie in Betracht zog.

Doch ein Messer würde Dariel nicht zu Fall bringen.

Nur ein Erzengel von gleicher oder größerer Stärke wäre in der Lage, ihn zu vernichten. Allerdings würden dabei noch einige andere Wesen getötet werden, wobei sie möglicherweise eines von ihnen wäre.

Deshalb reagierte ich nicht, sondern blieb nur breitbeinig stehen und war bereit, sie notfalls zu beschützen. Ansonsten zeigte ich gegenüber dem Erzengel, der eindeutig dem Wahnsinn anheimgefallen war, keinerlei Regung. Ich brauchte zuerst einen Plan.

»Nicht, wenn alle Portale und Portalhüter vernichtet sind«, antwortete Dariel wie beiläufig. »Was glaubst du wohl, warum ich hier bin, Evangeline?«

»Weil du wahnsinnig geworden und offenbar lebensmüde bist?«, entgegnete sie mit lieblicher Stimme.

»Alastors Portal«, antwortete ich, bevor er etwas auf ihre sarkastische Bemerkung erwidern konnte. »Du bist hier, um es zu zerstören.« Es diente als Haupttor zwischen der Hölle und der Erde und wurde auf beiden Seiten streng bewacht. Dämonen mit entsprechender Genehmigung wurde der Durchgang gewährt, und es war das einzige Portal, das mit Erlaubnis des Himmels ständig geöffnet bleiben durfte.

Natürlich wollte Dariel diese Brücke zerstören. Dadurch würde das empfindliche Gleichgewicht zwischen unseren Welten nur noch mehr ins Wanken gebracht werden.

Er betrachtete mich mit neu gewonnenem Interesse. »Ich habe dich immer für intelligenter gehalten als Mietek und nie verstanden, warum er dich zum Schutz der Menschheit abgestellt hat, wo du doch offensichtlich zu weitaus Größerem bestimmt bist.« Er schien beeindruckt zu sein, wobei das Gefühl nicht auf Gegenseitigkeit beruhte. »Eine Verschwendung, wenn du mich fragst. Du würdest einen guten Erzengel abgeben, Xai. Schließ dich uns an und ich garantiere dir ein Königreich auf der Erde.«

Ich kratzte mich am Kinn, als würde ich sein verrücktes Angebot überdenken. Von einem praktischen Standpunkt her verstand ich seinen Vorschlag. Mit meiner Erfahrung, meinem Alter und meiner Stärke würde die Verwaltung eines Territoriums im Rahmen meiner Fähigkeiten und meines Geburtsrechts liegen. »Ich habe mir nie viel aus den Menschen gemacht«, überlegte ich laut. Es war keine Lüge, sondern eine Tatsache. Ich habe die Menschheit immer nur Evangeline zuliebe toleriert.

Sie bedachte mich mit einem unerbittlichen Blick. »Wage es ja nicht.«

»Es ist ein vernünftiger Vorschlag«, erklärte ich emotionslos.

Sie kniff missbilligend die Augen zu dünnen Schlitzen zusammen. »Das kann nicht dein Ernst sein.«

Das war es auch nicht, und wenn sie das immer noch nicht wusste, hatten wir ein ernstes Problem. Ich vertraute darauf, dass sie meine Beweggründe besser verstand, als sie es nach außen hin zeigte, und ignorierte sie, um mich an Dariel zu wenden. »Mein Vater hat mich auf die Erde geschickt, weil er wusste, dass ich stärker bin als er.« Das war keine Lüge, ich ging jedoch nicht näher auf die Gründe ein. »Es ist beileibe nicht meine Lieblingsdimension, aber ein kleines Territorium zu besitzen würde mir den Aufenthalt vielleicht angenehmer machen.« Ich tippte mir ans Kinn und zuckte mit den Schultern. »Sagen wir, ich bin interessiert. Was würdest du als Gegenleistung von mir verlangen?«

Evangeline packte mich am Arm und krallte sich in mein Fleisch. »Das kann nicht dein verdammter Ernst sein.«

Ich warf ihr einen geduldigen Blick zu. »Sei still, Liebes, wenn wir Erzengel uns unterhalten wollen.«

Sie knurrte, während Dariel leise lachte. »Ja, Evangeline, sei still.«

Es kostete mich all meine Selbstbeherrschung, dem Schwachkopf nicht einen Kinnhaken zu verpassen, weil er es wagte, derart herablassend mit Evangeline zu sprechen. Ich hatte meine Worte nicht wirklich ernst gemeint, er jedoch schon.

Ich zog ungeduldig eine Augenbraue in die Höhe. »Was willst du von mir, Dariel?«, wiederholte ich.

»Zum einen deine Hilfe bei der Zerstörung der Portale.«

»Bist du nicht imstande, diese Aufgabe allein zu bewältigen?«, fragte ich und täuschte Überraschung vor. »Ich hatte angenommen, dass du derjenige bist, der die Portale zwischen Himmel und Hölle erschaffen hat.« Das entsprach zwar nicht der Wahrheit, aber ich wollte die Wahrheit aus ihm herauskitzeln. *Wer hilft dir, Dariel?*, fragte ich mich.

»Es war eine Gemeinschaftsarbeit«, antwortete er vage. »Aber wir beide wissen, dass das Ritual Wesen auf beiden Seiten erfordert.«

Ich nickte verständig. »Ich soll eine Seite übernehmen und dir bei den alten Gesängen helfen.« Das warf eine weitere faszinierende Frage auf. »Wer hat ursprünglich zugestimmt, dir bei dieser Aufgabe behilflich zu sein?«

»Ich«, antwortete eine weibliche Stimme von oben.

»Das soll wohl ein Scherz sein«, hauchte Evangeline, der vor Schreck der Mund offen stand, als Lucía die Treppe hinunterkam. »Deine Bestimmung ist es, das Gleichgewicht aufrechtzuerhalten.«

»Tatsächlich?«, fragte sie und blieb neben Dariel stehen, um ihren Kopf an seine Schulter zu legen. »Ich bin ein Teil der Gottheit, der in der Unterwelt stationiert ist. Wie hält sich das die Waage?«

»Du wirst alles zerstören, was wir uns so hart erarbeitet haben«, argumentierte Evangeline, deren Liebe zur Menschheit die Oberhand gewann. »Wie viele unschuldige Leben werden dabei verloren gehen?«

»Wie erträgst du das nur?«, fragte Dariel mich, wobei er mit einer vagen Geste auf Evangeline zeigte.

Indem ich sie liebe. »Es ist durchaus mit Mühen verbunden«, antwortete ich schlicht. »Aber deshalb sind wir nicht hier, und da wir umzingelt sind, schlage ich vor, wir konzentrieren uns auf das Wesentliche. Warum brauchst du meine Hilfe für das Portal, wenn du Lucía hast?«

»Ich habe ihr zwar die Gesänge beigebracht, aber sie ist nicht so mächtig wie der Sohn zweier Erzengel.«

»Das heißt, du hast es bereits versucht und bist gescheitert«, interpretierte ich seine Worte, wobei dieser mir unbekannte Teil in meinem Inneren die Situation zu erhellen schien. »Also hast du diese Szene inszeniert und Lucía eine Warnung schicken lassen, von der du wusstest, dass meine Mutter sie vorhersehen würde.«

In seinen vielfarbigen Augen tanzte ein aufgeregtes Funkeln und verlieh ihm ein wahnsinniges Leuchten, das nur bestätigte, dass er den Verstand verloren hatte. »Ich wusste, dass du der richtige Kandidat dafür bist, Xai.«

Es beunruhigte mich, dass er sich seiner Sache so sicher war. Hatte ich ihm mit meiner Ausstrahlung etwa Grund zu der Annahme gegeben, dass ich den Himmel zerstören wollte?

Allerdings verschaffte es mir einen Vorteil. Ich musste Dariel von all diesen Wesen weglocken, und er bot mir die perfekte Möglichkeit dazu.

»Ich werde dir helfen.« Die Worte kamen mir leicht über die Lippen und ich zuckte mit den Achseln.

Evangeline schnappte neben mir nach Luft und ihre blauen Augen funkelten vor Wut, als sie zu mir aufblickte. Ich hielt ihrem Blick stand und betrachtete sie mit betontem Desinteresse. »Komm schon, Liebes, du siehst doch sicher ein, dass das der beste Weg ist?«

»Du weißt, dass ich das nicht tue.« Ihr gequälter Gesichtsausdruck weckte Zweifel in mir. Glaubte sie wirklich, ich wäre fähig, eine solche Gräueltat zu begehen? Nein. Nein, sie *kannte* mich. Unsere Seelen waren für die Ewigkeit miteinander verbunden. Sie musste es durchschauen, musste verstehen …

Ein stechender Schmerz durchzuckte meine Brust und verlieh meiner Entschlossenheit Nachdruck.

Der Himmel ist dabei zu stürzen.

Ich konnte es *fühlen.*

»Kommt bald zurück. Wir brauchen euch.«

Die prophetischen Worte meiner Mutter bestärkten mich in meiner Entscheidung. »Lucía, würdest du Evangeline Gesellschaft leisten, während Dariel und ich uns dieser Angelegenheit annehmen?«

Die tödliche Auftragskillerin neben mir ließ ihre Klingen kreisen und machte sich zum Kampf bereit. »Versuch es doch.«

Ich seufzte und ärgerte mich langsam darüber, dass sie überhaupt kein Vertrauen in mich zu haben schien. Nach allem, was wir durchgemacht hatten, musste sie doch wissen, was ich vorhatte.

Bitte brich mir jetzt nicht das Herz …

»Evangeline …« Mit einer Hand fing ich ihr Messer am scharfen Ende und packte ihr Handgelenk mit der anderen. Dann schleuderte ich sie an die Wand, ließ die Klinge fallen und hielt ihr den Mund mit meiner blutigen

Handfläche zu, als sie zu knurren begann. Mit den Oberschenkeln drückte ich sie gegen die Wand, während ich den Unterarm an ihre Kehle presste. »Sei ein braves Mädchen und leiste Lucía Gesellschaft, während ich mit Dariel arbeite. Wir können diese Unterhaltung fortsetzen, nachdem die Portale zerstört sind.«

Trotz und Hass funkelten in ihren Augen und ließen meine Seele in mir verkümmern.

Sie vertraute mir nicht.

Wie oft würde ich ihr noch erklären müssen …

Evangeline strich mit der Zunge sachte über die Wunde an meiner Handfläche und begann zu schlucken. Wissentlich.

Mit einem Blick brachte sie für alle Anwesenden sichtbar ihren Abscheu zum Ausdruck, aber innerlich war meine Gefährtin bereit.

»Ich kann sehen, dass du dich nicht benehmen wirst, während ich weg bin«, sagte ich und ließ einen enttäuschten Unterton in meine Stimme einfließen. »Du lässt mir wirklich keine andere Wahl, Liebes.«

Ich spannte den Unterarm an ihrer Kehle an, um sie zu ersticken.

Sie versuchte, sich zu wehren, und krallte sich in meine Haut, während sie weiterhin meine Handfläche leckte, um mich zu bestärken.

Es bereitete mir körperliche Schmerzen, ihr das anzutun, vor allem als ihre Augen von Tränen der Wut getrübt wurden. »Du wirst es mir später verzeihen«, flüsterte ich und löste meine Handfläche von ihrem Mund, um sie zu küssen, kurz bevor ihre Beine nachgaben. Ich lockerte meinen Griff gerade so weit, dass sie zumindest annähernd Luft bekam, und atmete leise in ihren Mund aus. Dann ließ ich sie in einem Haufen violetter Federn zu Boden sinken. Violett war wirklich meine Lieblingsfarbe.

»Ich schlage vor, du fesselst sie«, sagte ich zu Lucía. »Und wir sollten gehen. Alastor wird es uns nicht leicht machen.«

»Um dieses Problem haben wir uns bereits gekümmert«, antwortete Dariel und warf Lucía einen liebevollen Blick zu. »Sie ist wirklich brillant.«

Ich gab vor, beeindruckt zu sein. »Das wirst du mir erklären müssen.«

»Ein andermal.« Er wies auf die noch geöffnete Tür. »Nach dir, Sohn des Chaos.«

»Mit Vergnügen«, antwortete ich wahrheitsgemäß.

Ich trat über die Schwelle und erhob mich mit einem kräftigen Flügelschlag in die Lüfte. Die meisten Engel mussten Anlauf nehmen oder von einem höheren Felsvorsprung aus starten, aber selbst nach Jahrtausenden ohne meine Federn konnte ich immer noch aus dem Stand abheben.

Ein Zeichen von Kraft und innerer Stärke, wie mein Vater immer sagte.

Dariel hob mit der gleichen Leichtigkeit ab, wobei sich die Farbe seiner Flügel sofort seiner Umgebung anpasste. Er war von Natur aus ein Chamäleon. Ich beobachtete seine Energiemuster und maß seine Bewegungen ab, um mich auf das Unvermeidliche vorzubereiten. Portale befanden sich immer außerhalb von bewohnten Gebieten, wodurch sie leichter kontrollierbar waren. Ich musste ihn nur nahe genug an eines heranführen, um ihn hindurchzustoßen.

Im Flug spannte ich kaum merklich meine Muskeln an, während ich in Gedanken verschiedene Strategien und Methoden durchspielte.

Ich hatte noch nie wirklich gegen einen Erzengel gekämpft. Ich würde dafür auf meine tief liegenden Ressourcen zurückgreifen müssen, um mit allem, was mein

Geburtsrecht mir je zugeteilt hatte, gegen ihn aufzubegehren.

Um Dariel zu vernichten, musste ich sein Licht schwächen und seine Energiereserven aufbrauchen. Mir kam eine Idee, die sich schnell in einen Plan mit mehreren Pfaden und Möglichkeiten entwickelte, die mehr oder weniger alle zu demselben Ergebnis führen würden.

Schicksal …

Ich hörte zu, während ich flog, nahm jedes Detail und jede Bewegung wahr und sah jede mögliche Zukunft vor mir.

Ja.

Das könnte funktionieren.

Ich musste es nur geschickt anstellen.

Das Portal leuchtete in der Ferne und seine Magnetfelder zogen mich zu seiner Energiequelle. Als sich der Weg, für den ich mich entschieden hatte, vor mir entfaltete, schloss ich die Augen und atmete tief durch.

Jetzt.

KAPITEL 17

Ich weiß nicht mehr, auf welcher Seite ich eigentlich stehe

Fünf Minuten zuvor …

P*ass auf dich auf*, flüsterte meine Seele.

Xai antwortete nicht, doch das hatte ich auch nicht erwartet.

Die Tür schloss sich hinter ihm mit einer Endgültigkeit, die mein Herz mit Angst erfüllte.

In dem Moment, in dem Xai sich bereit erklärt hatte, sich Dariels Plädoyer auf Unzurechnungsfähigkeit anzuhören – denn etwas anderes war es nicht –, hatte ich gewusst, was er vorhatte.

Er wollte ihn bekämpfen, doch dazu musste er Dariel, so weit er nur konnte, von der Stadt weglocken. Denn Erzengel konnten überaus verheerend sein.

Und so sehr ich mich Xai anschließen wollte, um diesen verrückten Scheißkerl zur Strecke zu bringen, wusste ich, dass ich ihn nur ablenken würde. Seine Blutlinie sah dies als seine Pflicht an, während meine mir eine andere Aufgabe zuwies.

Lucía.

Warum hatten eigentlich alle uralten Wesen den Verstand verloren? Ich sah ein, dass das ewige Leben durchaus langweilig sein konnte, aber wie sollte ein Krieg in dieser Hinsicht Abhilfe schaffen? Wenn sie sterben wollten, mussten sie es nur sagen.

Die Tochter des Todes meldet sich zum Dienst.

Das erste Opfer? Lucía.

Waffe der Wahl? Eine Wurfklinge.

Ort? Vorzugsweise …

»Bevor du dich auf einen Überraschungsangriff vorbereitest – der allerdings keine Überraschung wäre, weil ich deinen Plan bereits kenne –, hör mir bitte zu.« Lucías Worte unterbrachen meine mentale Lageberichterstattung und ich runzelte die Stirn. »Du kannst dich jetzt aufsetzen und ein Messer ergreifen, wenn du dich dann besser fühlst, aber ich bitte dich, mich zuerst anzuhören.«

Ich hatte niemanden sonst das Haus betreten hören, also sprach sie eindeutig mit mir. Dennoch ergaben ihre Worte keinen Sinn.

»Ich arbeite nicht wirklich mit Dariel zusammen«, fuhr sie fort. »Und ich kann es beweisen, wenn du mir nur fünf Minuten Zeit gibst.«

Also schön, jetzt hatte sie meine Aufmerksamkeit. Ich hob den Kopf und begegnete ihrem geduldigen Blick. Für gewöhnlich war dies der Moment, in dem ich die Schwärze in dem Wesen meines Gegners suchte, doch sie erhob sich in ihrem Fall nicht, nicht einmal ansatzweise.

Der Gerechtigkeit muss nicht Genüge getan werden, flüsterte der tödliche Teil meiner Seele mir zu.

Das war neu. Ich sah sie mit zusammengekniffenen Augen an. Sie behauptete, ihre Unschuld beweisen zu können. »Wie willst du es beweisen?«, fragte ich sie.

»Alastor.«

Meine Augenbrauen schossen in die Höhe. »Der

Erzdämon, der angeblich ein Problem darstellt, um das du dich gekümmert hast?«

Sie leckte sich über die Lippen und nickte. »Dariel glaubt, ich hätte ihn mit Silber vergiftet. Alastor tat so, als würde er aus den Wolken fallen, gleich nachdem ihr zur Tür hereingekommen wart. Auf diese Weise habe ich Dariel davon abhalten können zu gehen. Nachdem er Alastor fallen gesehen hatte, war er zuversichtlicher, dass er es mit Xai aufnehmen könnte, falls er sein Angebot abgelehnt hätte.« Sie fuhr sich mit den Fingern durch ihre langen Strähnen und ließ die Schultern hängen. »Ich spiele dieses Spiel seit über hundert Jahren an seiner Seite und habe Alastor immer alles berichtet. Er wird es bestätigen. Das verspreche ich.«

Ihr Versprechen bedeutete mir nicht viel, besonders nachdem …

Die Härchen auf meinem Arm stellten sich auf, als eine elektrisierende Energie die Luft erfüllte.

Es beginnt …

Mit rasendem Herzen sprang ich auf die Füße.

Xai.

In der Ferne hörte ich eine Explosion.

»Er hat keine Zeit verschwendet«, sagte Lucía und verzog besorgt den Mund. »Ich hoffe, er wird Dariel vernichten.«

Ich ignorierte sie, während meine Seele nach ihrem Gefährten suchte und feststellte, dass er lebte.

Es geht ihm gut.

Der Boden wurde von einem Beben erschüttert und das Gebäude um uns herum begann zu ächzen.

Zwei Erzengel.

Kämpfen in der Hölle.

Das Gleichgewicht unserer Welten gerät ins Wanken.

Mir drehte sich der Magen um. *Wie konnte es so weit kommen?*

Ein weiterer Knall mündete in dämonischem Geschrei und Gekreische, das mir einen Schauer über den Rücken jagte.

Doch Xais Lebenslinie schlug gleichmäßig mit der meinen.

Er ist noch am Leben.

Die Tür flog auf und Alastors dunkle Flügel versperrten den Eingang, als er mit rasendem Blick nach Lucía suchte. Sie lief in seine offenen Arme und vergrub das Gesicht an seinem Hals, während er sie mit einer Zärtlichkeit festhielt, die mich überraschte.

Meine Überraschung war nur von kurzer Dauer, als Trudy hinter ihnen mit verärgerter Miene eintrat. »Jemand muss auffliegen und ihm helfen.«

»Einverstanden«, erwiderte Alastor und presste einen Kuss auf Lucías Stirn. »Geht es dir gut?«

Sie nickte und musste schlucken. »Ihn zu töten ist nur der Anfang.«

»Ich weiß, mein Schatz.« Er küsste ihre Schläfe und drückte sie an sich. »Aber irgendwo müssen wir ja anfangen.« Er blickte mich mit seinen schokoladenbraunen Augen an. »Bleib hier.«

Ich warf ihm einen verärgerten Blick zu. »Ich bin dir nicht unterstellt.«

Er strahlte Arroganz und Überlegenheit aus, als er den Rücken durchdrückte, während seine Schultern in seinem eleganten Anzug noch breiter und einschüchternder wirkten. »Du musst die anderen auf dem Boden beschützen. Xai kann sich nicht konzentrieren, wenn du da oben herumfliegst. Falls …«

»Ich weiß«, blaffte ich und ärgerte mich darüber, dass

er kostbare Zeit verschwendete. »Hör auf, das Offensichtliche zu erklären, und schwing dich in die Luft, um ihm dabei zu helfen, das Arschloch zu Fall zu bringen.«

Ein Anflug von Respekt spiegelte sich in seinem Blick wider, als er mir zunickte. »Wenn Lucía etwas zustößt, bringe ich dich um.« Er trat einen Schritt zurück und flog aus dem Stand auf.

Ich schnaubte. »Träum weiter, Erzdämon.«

»Seit wann sind du und Alastor ein Paar?«, wollte Trudy wissen.

Lucía wurde tatsächlich rot, als sie die Lippen zu einem Lächeln verzog. »Es ist noch ziemlich frisch, aber …«

»Ist das euer Ernst? Darüber wollt ihr beide euch jetzt unterhalten?« Ich schüttelte den Kopf und sammelte meine Messer ein.

Eins nach dem anderen. Zuerst musste ich mich um die Leiche im Wohnzimmer kümmern.

Ich riss Trudy das Schwert von der Hüfte, bevor sie reagieren konnte, und ging um den Couchtisch herum zu Grants bewusstloser Gestalt. »Mögest du in der Hölle ruhen«, knurrte ich, schwang das Schwert durch die Luft und trennte ihm den Kopf ab.

Jäh.

Schnell.

Und viel zu schmerzlos.

Seine schwarze, fast schleimige Seele schlängelte sich in die Luft und gesellte sich langsam zu all den anderen, die ich mit mir trug – die Bürde des Todes.

Ich schluckte und schloss die Augen für einen Moment, als ich die Dunkelheit besänftigte, sie in Licht verwandelte und ihn in der Ewigkeit willkommen hieß.

Der Gerechtigkeit wurde Genüge getan.

Ja.

Trudy und Lucía beobachteten mich mit

argwöhnischem Blick, als ich die Augen schließlich wieder öffnete. »Was ist?«

»Nichts, du hast nur …«, sagte Trudy und verstummte.

»Du wurdest so unheimlich still und hast gelächelt«, beendete Lucía den Satz für sie. »Als hättest du es genossen, ihn zu töten.«

»Ich bin die Tochter des Todes.« Ich wischte das Schwert an Grants Bein ab, bevor ich es in meiner Hand herumwirbelte und Trudy mit dem Griff voran reichte. »Das wirst du brauchen.«

Sie zog die Stirn in Falten. »Ach ja?«

»Ja.«

»Warum?«, fragte sie.

»Weil wir in den Himmel aufsteigen werden, um ein paar Eindringlinge zu töten.« Ich wartete nicht auf ihre Antwort, sondern ging einfach zur Tür hinaus und ließ mich von der stickigen Luft umwehen. Wir mussten eines dieser Portale finden, oder ein Wesen, das stark genug war, uns nach oben zu bringen.

Ein Blitz flammte am Himmel auf und durchzuckte mein Herz mit einem stechenden Schmerz.

Ich blickte nach oben und sah, dass Xai rückwärts taumelte und seine schwarzen Flügel um ihn herumwirbelten, als er zu fallen begann.

Ich erstarrte und öffnete die Lippen zu einem stummen Schrei.

Wage es ja nicht! Steh wieder auf und bekämpfe ihn!

Ein weiterer Blitz zuckte wie aus dem Nichts durch die Luft und traf Xai am Flügel. Flammen loderten um ihn herum auf, als seine Federn vor meinen Augen brannten.

Ohne nachzudenken, setzte ich mich in Bewegung. Ich flatterte mit den Flügeln und erhob mich in den Himmel.

Ein Blitz aus schwarzem Licht brach aus Xai heraus

und mein Herz zersprang bei dem Anblick in tausend Stücke.

Nein!

Ich flog schneller, obwohl meine Schultern heftig protestierten. Ich musste ihn auffangen, ihn retten …

Eine weitere Explosion erschütterte die Wolken und der Himmel verdunkelte sich.

Was ist das? Zerbricht der Himmel gerade?

Dunkelheit legte sich über das Land, verdeckte die Sonne und hüllte uns alle in eine undurchdringliche Schwärze.

Ich hielt mitten im Flug inne, denn es war mir unmöglich, etwas zu erkennen.

Ich kann dich nicht auffangen … Meine Rippen knackten unter dem Druck und ein Schluchzen bahnte sich seinen Weg aus meiner Kehle. *Xai!*

Es geht mir gut, Liebes, flüsterte er.

Ein Donnern grollte durch die Wolken, dann wurde es plötzlich unglaublich heiß und laut. Der Wind zwang mich zu landen, während um mich herum Sand und Geröll aufwirbelten.

Ich kann nichts sehen.

Ich weiß, antwortete er. *Und Dariel auch nicht.*

Ein weiterer Donnerschlag erschütterte den Boden und ich landete auf dem Hintern. Über mir zuckten Blitze und boten weit und breit den einzigen Lichtschein, dann ertönte ein ohrenbetäubender Knall.

Die Sonne brach durch den tintenschwarzen Himmel, strahlte Wärme aus und bestrahlte einen herrlich blauen, engelslosen Himmel.

Ich blinzelte. *Xai?*

Keine Antwort.

Ich zwang mich aufzustehen und drehte mich suchend im Kreis.

Nichts.

Ich nahm Anlauf, sprang ab und flog hoch in den Himmel auf.

Mehrere Gebäude waren durch Blitzeinschläge zerstört worden und das unbeständige Wetter hatte überall in der Stadt Sand aufgewirbelt, aber Xai und Dariel waren nirgendwo zu sehen.

Das Portal in der Ferne war immer noch intakt.

Ansonsten konnte ich keine gravierende Veränderung entdecken.

Wo bist du?, fragte ich.

Ich wusste nicht, ob er mich gehört hatte, denn ich bekam keine Antwort.

Ich eilte dorthin zurück, wo ich Trudy und Lucía zurückgelassen hatte, und fand sie mit einem vom Wind verwehten Alastor vor. »Wo sind sie?«

Er schüttelte den Kopf. »Ich weiß es nicht.«

»Was soll das heißen, du weißt es nicht?«

Er wiederholte sich nicht, sondern schüttelte nur wieder den Kopf.

Ich öffnete den Mund und wollte von ihm verlangen, sich mehr Mühe zu geben, aber meine Stimme versagte, als ein Schmerz, wie ich ihn noch nie zuvor gespürt hatte, mich von innen heraus zerriss. Meine Knie versagten und ließen mich mit einem lautlosen Schrei zu Boden stürzen.

Xai.

Seine Seele.

Ich spürte, wie sie mich in zwei Hälften riss und sich von meinem Wesen, meiner Essenz, meiner Seele abtrennte.

Tränen erstarrten vor Entsetzen in meinen Augen.

Unser Band … war im Begriff … zu zerbrechen.

Die anderen um mich herum riefen meinen Namen mit von Panik erfüllten Stimmen.

Xai …

Das konnte er mir nicht antun.

Nein.

Nein.

Nein!

Ich rollte mich zu einer Kugel zusammen, während ich innerlich tobte und mein Herz zerbrach.

Es war unwiderruflich zerbrochen.

Zerstört.

Eine Hälfte von mir war gerade … gestorben.

Die bessere Hälfte.

Die einzige Hälfte, die je etwas bedeutet hatte.

Mein Xai …

Ich habe darauf vertraut, dass du zu mir zurückkommst.

Ich habe darauf vertraut, dass du mich nie verlässt.

Du hast versprochen, mir zu folgen.

Du kannst mich jetzt nicht verlassen.

Wie konntest du mir das antun?

Wie konntest du nur?

Meine andere Hälfte. Mein Gefährte. Meine einzige Liebe.

Ich werde dich für immer dafür hassen.

Und ich werde nie aufhören, dich zu lieben.

Tu mir das nicht an!

Wage es nicht, mir das anzutun!

Aber es war zu spät.

Es spielte keine Rolle mehr, was ich sagte.

Denn er war tot.

»Ich kann ihn nicht spüren …«, flüsterte ich zu niemandem außer mir selbst. »Er ist … er ist tot.«

KAPITEL 18

Schattendämonen sind echt das Letzte. Buchstäblich.

Einige Minuten zuvor …

Ich duckte mich und rollte durch die feuchte Luft. Meine Feder zischten, nachdem Dariel mich mit einem Blitz getroffen hatte.

Der Scheißkerl war verdammt treffsicher.

Ich musste mir einen neuen Plan ausdenken. Alastors Affinität zu Krankheiten war gegen einen Erzengel nutzlos, wodurch er nur noch durch die Kraft eines Kriegers besiegt werden konnte.

Nein, ich brauchte etwas, das einer Katastrophe gleichkam.

Ein weiterer Schlag durchzuckte meine Seite, der noch heißer war als der letzte und alles um mich herum aufflammen ließ. Alles brannte – meine Flügel, meine Haut, mein ganzes Wesen wurde von der feurigen Glut zerstört.

Er wird gewinnen, erkannte ich. Dariel war stärker, schneller und wie meine Eltern einer der Ältesten unserer Art. Außerdem hatte er es irgendwie geschafft, die

Energiefelder dieser Dimension anzuzapfen. Als himmlisches Wesen müsste er hier unten eigentlich leiden, doch der Erzengel der Verborgenheit blühte förmlich auf.

Nein! Evangelines Schrei durchdrang meine Gedanken und ihre Besorgnis war deutlich spürbar.

Sie sieht, wie ich versage. Bei dem Gedanken runzelte ich die Stirn. Sie hatte mir zugetraut, dass ich ihn besiegen und es zu Ende bringen würde. Weil ich eigentlich dazu in der Lage sein sollte.

Dariel hatte zwar einen Weg gefunden, hier unten aufzublühen, aber in der Hölle *regierte* das Chaos.

Ich schloss die Augen und wandte mich nach innen, ignorierte den Schmerz, meinen freien Fall und alles andere um mich herum.

Zeig es mir, forderte ich. *Zeig mir, was ich übersehen habe.*

Der Erzengel in mir, den ich an der kurzen Leine hielt, blühte in meinem Geist auf und verwandelte sich in ein Meer aus Dunkelheit, das mich zum Spielen aufforderte.

Chaos.

Schicksal.

Ineinander verschlungen.

Ich lächelte. *Ja.*

Dieser fremde Teil von mir blühte auf und offenbarte mir einen Weg, den ich verstand. Die Zukunft, die Vergangenheit und die Gegenwart waren alle zu einem Schicksal verflochten, das ich nur akzeptieren konnte.

Ich riss die Augen auf.

Die Welt war so dunkel geworden wie mein Geist, aber ich konnte sehen. Meine Flügel brannten nicht mehr, denn mein Wesen war bereits geheilt.

Es ist Zeit.

Ich weiß.

Dariel zog panisch seine Kreise über mir und ich genoss den Anblick. Er hatte geglaubt, mich besiegt zu haben, den kleinen Erzengel, der seine Bestimmung nie wirklich erkannt hatte.

Bis heute.

Ich kann dich nicht auffangen … Evangelines erstickte Gedanken ließen mich innehalten. Sie war von Entsetzen gepackt und suchte verzweifelt nach einer Antwort. *Xai!*

Es geht mir gut, Liebes, flüsterte ich und sandte ihr beruhigende Schwingungen, während ich lautlos zu meinem Ziel in den Wolken hinaufschwebte.

Es gab nur einen Ort, an den ich Dariel bringen konnte, wo er mit Sicherheit sterben würde. Aber ich musste mich nahe genug an ihn heranpirschen, um ihn zu überrumpeln.

Ich schwebte noch höher und konnte seine Angst spüren, während er vergeblich versuchte, mit dem schwarzen Smog zu verschmelzen. Ich verzog erwartungsvoll die Lippen zu einem Lächeln.

Nur noch ein paar Meter …

Als er mich bemerkte, drehte er sich um die eigene Achse und erzeugte eine Welle aus kreisender Energie, die durch die Luft wirbelte und den Himmel um uns herum zum Donnern brachte.

Aber er hatte sie in die falsche Richtung geschickt.

Ich kann nichts sehen. Evangeline klang so frustriert.

Ich weiß, erwiderte ich. *Und Dariel auch nicht.*

Ich schlang einen Arm um seinen Hals und zog ihn mit einem Ruck nach hinten. Mit einem lauten Knacken durchtrennte ich seine Wirbelsäule, sodass er vorübergehend gelähmt, aber bei vollem Bewusstsein war. »Hallo, Dariel«, murmelte ich, während meine Teleportationsgabe bereits zum Leben erwachte.

Eine Karte der Unterwelt offenbarte sich vor meinen Augen, die auf meine Dunkelheit reagierte und es mir erlaubte, mich frei zu bewegen.

»Ich habe etwas ganz Besonderes für dich«, flüsterte ich ihm zu, während ich uns zu dem Ort navigierte, den ich eigentlich nie wieder hatte besuchen wollen. »Du wirst es hassen.«

Evangelines Panik durchbohrte mein Herz und ließ mich nur kurz zögern.

Nein, mir würde es gut gehen. Das musste sie wissen. Aber ich konnte nicht riskieren, dass sie mich hierher begleitete. Nicht nach dem, was beim letzten Mal passiert war.

Meine Seele krümmte sich und schrie auf, während mein Geist die Kontrolle über unser Band übernahm und ihre Lebenslinie gewaltsam blockierte. Es war der beste Weg, um sie zu beschützen. Sie würde es verstehen. Das hoffte ich zumindest.

In meinem Herzen breitete sich sofort ein Schmerz aus, als mein himmlischer Geist ihren Verlust betrauerte, als wäre sie gestorben. Tränen traten mir in die Augen und ich fühlte mich innerlich leer ohne sie. Ich ließ das Gefühl auf mich wirken, brauchte es, nährte mich davon.

Ich bin völlig hohl.

Das Schattenreich offenbarte sich vor mir und die feinen Rauchschwaden stürzten sich bereits auf ihr Mahl. Doch ich war es nicht, an dem sie sich laben wollten, sondern der Erzengel, der sich in meinen Armen rührte.

Er war die ganze Zeit bei Bewusstsein gewesen und hatte einen wilden, verwirrten Ausdruck in den Augen.

»Du dachtest, ich wollte dich nach Hause bringen, um Gerechtigkeit zu üben«, murmelte ich lächelnd. »Oh nein. So funktioniert das nicht.« Ich ließ ihn auf die Felder fallen.

Seine Lippen öffneten sich zu einem lautlosen Schrei.

Sein Körper zuckte, als sich die Schattenwesen mit einem Eifer auf ihn stürzten, der selbst die übelsten

Kreaturen der Unterwelt in Angst und Schrecken versetzt hätte.

Eine der schattenhaften Gestalten blickte mich interessiert an und ich zog eine Augenbraue in die Höhe. »Versuch es doch.«

Der Dämon zuckte tatsächlich zurück.

Ich grinste. »Hätte mich auch gewundert.« Was auch immer ich in Alastors Reich getan hatte, ich hatte es eindeutig verinnerlicht und mir so diese schreckliche Ebene untertan gemacht. Es diente ganz offensichtlich einem vernünftigen Zweck.

Dariel hatte keine Chance, denn sein Licht schwand von Sekunde zu Sekunde. Wie Evangeline hier mehr als ein paar Minuten überlebt hatte, blieb mir ein Rätsel, doch es war ein Beweis für ihre Vitalität und ihr Durchhaltevermögen.

Mir drehte sich der Magen um, als ich daran dachte, wie sie sich fühlen musste, aber ich hatte keine andere Wahl. Ich weigerte mich, auch nur einen Teil von ihr hierherzubringen. Sie hatte genug gelitten. Jetzt war ich an der Reihe.

»Irgendwelche letzten Worte?«, fragte ich Dariel, als ich seine Unfähigkeit zu sprechen bemerkte. »Hm, nein, offenbar nicht.«

Seine Wangenknochen ragten empor, als die Schattendämonen die Reste seines Lebens durch seine Haut saugten. Es war ein grässlicher Anblick, doch ich weigerte mich, den Blick abzuwenden. Er begann zu schrumpfen und die letzten Reste seiner Seele verschwanden in einem grauen Abgrund.

»Wie Evangeline sagen würde: ›Mögest du in der Hölle ruhen.‹« Ich grinste bei diesen Worten und fand sie unglaublich passend, als der Erzengel zu Asche zerfiel. Die Schattendämonen stießen ein enttäuschtes Brummen aus.

»Gut zu wissen, dass ihr zu etwas nützlich sein könnt«, murmelte ich. »Aber wenn ihr jemals wieder meine Evangeline anrührt, werde ich hierher zurückkommen und jeden Einzelnen von euch vernichten.«

Einige von ihnen wichen einen Schritt zurück, da sie meine Botschaft offensichtlich verstanden hatten.

»Ausgezeichnet.« Ich stand auf und streckte meine schmerzenden Seiten. »Bis zum nächsten Mal.«

Ich konzentrierte meine Energie darauf, Alastors Reich wiederzufinden, denn ich brauchte meine Evangeline. Es waren nur ein paar Minuten gewesen, aber ohne sie fühlte es sich an wie eine Ewigkeit.

Unser Band flackerte.

Zischte.

Und erlosch.

Ich runzelte die Stirn. Das hätte nicht passieren sollen. Genauso wenig, wie es hätte geschehen sollen, dass ich sie von unserer Verbindung abschneiden musste.

Ich versuchte es erneut, doch ihre Lebenslinie war kaum noch mehr als ein Flüstern in meinem Kopf.

Dieser Schmerz …

Er verbrannte mich von innen heraus und versengte meine Seele.

Evangeline!

Es war etwas geschehen. Etwas Verheerendes. Ich spürte, wie ihr zerrüttetes Wesen außerhalb meiner Reichweite lag und sich meinem Ruf verweigerte.

Wo bist du?, wollte ich wissen. Die mühelose Verbindung, die wir einmal hatten, existierte nicht mehr. Statt ihrem Wesen nahm ich nur noch eine gequälte Kluft wahr, die mir den Zutritt verwehrte.

Ich brach durch den Himmel in Alastors Reich und blickte mich suchend um. Die Stelle, an der ich sie zuletzt gespürt hatte, war leer. War sie zu den anderen zurückgeflogen? War sie wieder entführt worden?

Bei dem Gedanken kochte ich innerlich vor Wut. Ich würde diese Welt niederbrennen, um sie zu finden.

Dabei hatte ich ihr versprochen, nie von ihrer Seite zu weichen.

Sie konnte sich selbst verteidigen, das wusste ich und darauf vertraute ich. Doch was wäre, wenn jemand sie schon wieder überrumpelt hätte?

»Evangeline!«, schrie ich. Meine Stimme wurde vom Wind getragen und hallte durch das Reich. Alles und jeder schien unter mir stillzustehen. Es dauerte einen Moment, bis ich begriff warum – ich hatte wieder begonnen, den Himmel zu verdunkeln.

Diese einzigartige Gabe war sowohl ein Segen als auch ein Fluch.

Alastor erschien am Himmel. Die Sonne verlieh seinen Federn einen rötlichen Schimmer. Er kam auf mich zu und ich flog ihm auf halbem Weg entgegen. »Wo ist sie?«

»Auf dem Boden«, antwortete er, als würde das alles erklären. »Wie zum Teufel hast du das gemacht?«

»Wo, Alastor?« Ich hatte keine Lust auf dieses Fragespiel. Ich wollte meine Gefährtin zurückhaben.

Er seufzte übertrieben. »Es gibt so gut wie niemanden mehr, der von den gängigen Umgangsformen Gebrauch macht. Es geht nur noch um die Arbeit und der Spaß bleibt auf der Strecke.« Er drehte sich um und flog in Richtung seines prunkvollen Anwesens. »Ich nehme an, Dariel ist tot?«

»Sehr«, antwortete ich, um ihm wenigstens diese Information zu geben.

»Gut. Natürlich wissen wir jetzt nicht, mit wem er zusammengearbeitet hat.«

»Die Zeit wird es uns mitteilen«, murmelte der dunkle Teil in mir.

»Wie rätselhaft«, sagte er mit ausdrucksloser Stimme, als er eine scharfe Kurve flog.

Evangelines lilafarbene Federn lagen über den Boden ausgebreitet, während ihr Körper zwischen Lucía und Trudy zu einer Kugel zusammengerollt war. Ich landete hinter ihnen und ließ sie meine Wut spüren. »Rührt sie nicht an.«

Beide Frauen sprangen zurück und sahen mich mit schockierter Miene an. Ich warf Lucía einen angewiderten Blick zu und zog eine Augenbraue in die Höhe, als Alastor vor ihr landete. »Wenn du sie anfasst, haben wir ein Problem, Erzengel.«

Es war mir nicht wichtig genug, um Näheres in Erfahrung zu bringen. Wenn Evangeline die Frau am Leben gelassen hatte, musste es einen guten Grund dafür geben.

Sie bewegte sich nicht und würdigte mich keines Blickes, während ihre Federn vor meinen Augen verwelkten.

»Was ist passiert?«, knurrte ich und wollte wissen, wen ich würde töten müssen.

»Du, äh, bist gestorben«, antwortete Trudy zaghaft.

»Sehe ich für dich vielleicht tot aus?«, fragte ich sie und zog die Augenbrauen in die Höhe.

»Nein, aber sie dachte …« Sie verstummte. Vielleicht fuhr sie auch fort, ich war mir nicht sicher, denn ich hörte nicht mehr zu.

Evangeline dachte, ich sei tot.

Mein Herz setzte einen Schlag aus, während sich meine Seele danach sehnte, von ihrer Gefährtin erkannt zu werden.

Oh, Liebes …

Ich kniete mich neben sie und zog sie in meine Arme. Sie blieb still liegen. Ihr Gesicht war aschfahl und ihr Körper geschwächt.

Meine Trennung von ihr, selbst wenn sie nur kurz gewesen war, hatte ihr die Willenskraft geraubt. Meine starke, kämpferische Auftragskillerin war meinetwegen gebrochen.

Ich legte meine Stirn an ihre. »Es tut mir so leid, Liebes. Ich konnte dich nicht mitnehmen. Nicht nach allem, was passiert ist.«

Falls sie mich hörte, ließ sie es sich nicht anmerken.

Ich seufzte und sah zu Alastor auf. »Brauchst du uns noch für irgendetwas?«

Er zog seine dunklen Augenbrauen in die Höhe. »Ihr habt euch in mein Reich gewagt, Erzengel. Nicht auf meine Einladung hin, möchte ich hinzufügen. Seid *Ihr* also fertig damit, Erzengel in meinem Reich zu bekämpfen?«

Ich dachte über alle möglichen Antworten auf diese Frage nach, denn ich wusste, welche denkbaren Wege tatsächlich eintreffen würden, und stieß einen Seufzer aus. »Wahrscheinlich nicht, aber für heute schon.« Es gab noch andere, dich ich aufspüren musste – namenlose und gesichtslose Wesen, die für das Ungleichgewicht bezahlen mussten. Dariel hatte angedeutet, dass sie sich bereits im Himmel befanden und dort ihr Unwesen trieben, aber ich wusste, dass das eine Lüge war. Ja, etwas hatte sich verändert, aber mein Reich war noch sicher. Nichts und niemand war gefallen.

»Du wirst uns wiedersehen, und zwar schon bald«, sagte ich zu ihm. »In deinem Reich erhebt sich eine neue Macht, Alastor. Ich wünsche dir Glück, denn du wirst es brauchen.« Ich hatte diese Worte nicht willentlich geäußert und ich war mir nicht ganz sicher, was sie bedeuteten, doch ich hatte sie aussprechen müssen.

Ich werde wie meine Mutter, dachte ich mit einem Knurren.

Und Alastors Gesichtsausdruck nach zu urteilen war er darüber nicht sonderlich erfreut. »Geh mit deinen Prophezeiungen zurück in den Himmel, Erzengel. Ich ziehe es vor, im Hier und Jetzt zu leben.«

Ich schmunzelte. »Geht mir genauso.« Ich nahm Evangeline in den Arm und nickte den anderen zum Abschied zu, bevor ich begann, mit ihr in den Himmel aufzufliegen.

KAPITEL 19

Xais Beziehungsratschläge für Anfänger: Vergebung ist wichtig

Im Himmel war die Nacht bereits hereingebrochen, als wir dort ankamen. Der Mond warf sein wunderschönes Licht auf das Feld, auf dem wir uns immer am liebsten aufgehalten hatten.

Ich spürte, dass die Schutzmauern alle intakt waren. Irgendetwas hatte sich vorhin verschoben und die Empfindungen verursacht, die wir in der Hölle erlebt hatten, aber das war mir jetzt egal. Die Frau in meinen Armen hatte meine volle und ungeteilte Aufmerksamkeit.

»Evangeline«, flüsterte ich und legte sie auf dem Boden ab. Ihre Flügel waren zu Asche geschmolzen und wieder aufgeblüht, als wir den Himmel betreten hatten, und ihre üppigen violetten Federn glitzerten im Mondlicht. »Öffne die Augen.«

Sie schüttelte den Kopf, so stur wie immer.

Ich strich mit meinen Lippen über ihren Kiefer, ihren Hals und entlang ihres Schlüsselbeins. »Bitte«, flüsterte ich. »Ich muss deine Augen sehen, Liebes.«

Als Antwort entfuhr ihr ein Wimmern. Es war ein gebrochener Laut, den ich nie wieder von ihr hören wollte.

»Du hältst mich immer noch für tot.« Wir hatten dieses Spiel schon einmal gespielt. Ich weiß nicht mehr, wie lange es her war, doch in Erdenjahren fühlte es sich wie Jahrzehnte an. »Öffne die Augen«, wiederholte ich mit Nachdruck in der Stimme.

Ihre Wimpern zuckten und ihre Lippen bebten.

»Ich verspreche dir, dass dir gefallen wird, was du siehst.« Ich legte einen Hauch unterschwelliger Arroganz in meine Worte, in der Hoffnung, sie zu überreden, aber das schien ihr Zittern nur noch zu verstärken. »Wo ist meine Kriegerin? Warum versteckst du dich?«

»Du bist gestorben.« Die Worte klangen gebrochen und es schmerzte, sie zu hören.

Ich setzte mich rittlings auf sie und ergriff ihr Gesicht mit beiden Händen. »Nein, ich habe unsere Verbindung nur vorübergehend unterbrochen, um dich vor dem Schattenreich zu schützen.«

Sie legte die Stirn in Falten und ein verständiger Ausdruck zeichnete sich auf ihrem schönen Gesicht ab. »Du hast was getan?«

»Ich werde mich nicht wiederholen.« Sie hatte mich schon beim ersten Mal verstanden.

Ihre saphirblauen Augen leuchteten auf, als in ihrem Inneren ein Feuer zu brodeln begann. »Du hast *was* getan?«

Oh, das war mir lieber als die Traurigkeit.

Feuer.

Wut.

Streitlust.

»Warum würdest du so etwas tun?«, fragte sie und ihre Stimme wurde fester. »Du hast mich von der Verbindung abgeschnitten?«

»Um dich zu beschützen, Liebes.« Ich strich mit dem Daumen über ihre gerötete Wange. »Nach allem, was sie dir beim letzten Mal angetan haben, wollte ich verhindern, dass sie dich noch einmal in die Finger bekommen.«

»Du hast also unsere Verbindung gekappt?« Sie schlug mit unerwarteter Wucht gegen meine Schultern und stieß mich zur Seite. Ich ergriff ihre Hüften und zog sie auf mich, bevor sie entkommen konnte, sodass ihre Brüste wieder meinen Oberkörper berührten.

»Ja«, antwortete ich leise. »Ich wollte dich beschützen.«

»Ich dachte, du wärst tot!«, blaffte sie und verpasste mir eine schallende Ohrfeige, die mir fast den Schädel brach. Ich ergriff ihre Handgelenke und rollte sie wieder unter mich.

Mit einer Hand hielt ich ihre Arme über ihrem Kopf fest und umschloss mit der anderen ihre Kehle. »Ich bin hier, Evangeline, und ich bin sehr lebendig.«

»Außerdem bist du ein Arschloch.«

Ich zuckte mit den Schultern. »Daran wird sich wohl nie etwas ändern.«

»Ich dachte, du wärst tot, Xai«, wiederholte sie und Tränen traten ihr in die Augen. »Hast du eine Ahnung, wie sich das anfühlt?«

»Ja«, flüsterte ich und lockerte den Griff um ihre Hände. »Ohne dich habe ich mich innerlich leer gefühlt, und das tue ich immer noch, weil du mir bisher nicht gestattet hast, die Verbindung wiederherzustellen.«

Sie schwieg einen Moment und schloss die Augen. »Vielleicht hast du es nicht mehr verdient.« Sie sprach die Worte so leise aus, dass ich sie fast nicht gehört hätte.

»Das kann nicht dein Ernst sein«, sagte ich und setzte mich auf, wobei ich rittlings auf ihren Oberschenkeln saß. »Nimm das zurück.«

Sie sah mich nicht an. Und erwiderte nichts.

»Evangeline«, flüsterte ich und mein Herz brach von Neuem. »Sag mir, dass du das nicht so gemeint hast.«

»Du hast mich abgeschnitten«, antwortete sie leise mit bebender Unterlippe. »*Du*, Xai. Nicht ich.«

»Um dich zu beschützen«, wiederholte ich noch einmal. »Was hätte ich deiner Meinung nach tun sollen, Evangeline? Hätte ich die Verbindung in einem Reich aufrechterhalten sollen, an das ich dich fast verloren hätte?«

Schließlich sah sie mir in die Augen und durchbohrte mich fast mit ihrem Blick. »Ich habe in diesem Reich überlebt, weil ich mit dir verbunden war. Und weil ich den unbändigen Drang hatte, zu dir zurückzukehren, Xai. Kannst du das nicht verstehen?« In ihren blauen Augen lag ein Ausdruck von Traurigkeit, der mich innerlich zerriss.

»Wenn wir unser Band lösen oder es in irgendeiner Weise blockieren, dann schwächt uns das beide«, fuhr sie mit sanfter Stimme fort. »Du hast mich in einem Moment abgeschnitten, in dem ich wissen musste, dass du lebst. Nachdem ich gesehen hatte, wie du am Himmel in Flammen standst, hatte ich unglaubliche Angst, dich nie wiederzusehen, und dachte, du wärst endgültig tot. Das hat mich mehr verletzt, als es das Schattenreich je könnte, Xai.«

Sie strahlte eine gequälte Energie aus, die mich wissen ließ, wie sehr ich sie verletzt hatte. »Ich wollte dir nie wehtun.«

»Aber das hast du«, flüsterte sie. »Mehr als ich je für möglich gehalten hätte.« Die Entschlossenheit in ihrem Gesichtsausdruck brachte mich fast um.

Sie konnte doch nicht … Nicht jetzt. Niemals.

Ich ließ den Kopf auf ihre Brust sinken und zitterte am ganzen Körper. »Tu das nicht, Evangeline. Bitte, tu das nicht.« Ich umklammerte ihre Schultern und hielt sie so fest ich nur konnte. »Ich dachte, ich würde dich beschützen, ich dachte … Ich konnte den Gedanken nicht ertragen, dass die Schatten dich wieder berühren. Nicht nachdem ich dich fast verloren hätte, nachdem du dem Tod so nahe gewesen bist. Das musst du doch verstehen.«

»Und du musst verstehen, warum es keine Lösung war, unser Band zu brechen. Du hast uns mehr geschadet, indem du mich weggestoßen hast, Xai. Das darfst du nicht tun. Das darfst du mir nie wieder antun.« Sie packte mich an den Haaren und zwang mich, sie anzusehen. »Hast du mich gehört? Du musst darauf vertrauen, dass ich mich verteidigen kann. Und du musst dir selbst zutrauen, mich verteidigen zu können. Aber schließe mich nie wieder aus. Ich würde den Tod dem Gefühl vorziehen, dich zu verlieren.«

Bei diesen Worten rannen ihr Tränen über die Wangen, während ein stechender Schmerz mein Herz durchbohrte. »Ich habe aus reinem Instinkt gehandelt. Es wird immer mein oberstes Gebot sein, dich zu beschützen.«

Sie seufzte. »Du weißt nicht, wie weh es tut, dein Verschwinden zu spüren.«

»Doch, das weiß ich, Liebes. Ich habe gespürt, wie du mir entgleitest, als du im Schattenreich gefangen warst.« Ich sah ihr in die Augen und flehte sie mit einem Blick an, mich zu verstehen. »Das könnte ich nicht noch einmal durchmachen.«

»Und doch hast du es getan, indem du mich ausgeschlossen hast.«

»Ja, aber ich wusste, dass es dir gut geht.«

»Aber ich wusste es nicht!«, schrie sie. »Ich wusste nicht, dass es dir gut geht, Xai. Ich dachte, du wärst tot. Für immer. Ich dachte, du hättest mich zurückgelassen, um ein einsames Leben zu führen, das nie wieder dasselbe sein würde. Allein. Tot. Ich hätte den Tod diesem Schicksal vorgezogen.«

Verdammt! Nach allem, was wir durchgemacht hatten, war *das* der Tropfen, der das Fass zum Überlaufen brachte. Ein Teil von mir konnte sie verstehen. Ich hatte es vermasselt, weil ich nicht mehr mit ihr kommuniziert und sie nicht gewarnt hatte, bevor ich die Verbindung gekappt hatte. Der andere Teil von mir bedauerte es jedoch nicht. Ich würde diese dunklen Wesen nie wieder in ihre Nähe lassen.

»Es tut mir leid, Evangeline«, flüsterte ich. »Es tut mir leid, dass ich dir so einen Schreck eingejagt habe. Aber ich bin hier. Ich werde immer hier sein. Wende dich jetzt nicht ab, nicht nach allem, was wir durchgemacht haben, nicht deshalb.« Ich flehte sie mit meinen Lippen an, indem ich sie küsste. Ich schmeckte ihre Haut und prägte mir jeden Zentimeter ihres Gesichts ein. »Stoß mich nicht weg, bitte. Du bist verängstigt und wütend, und das kann ich verstehen, aber du kannst doch nicht einfach beenden, was wir haben.«

Sie zitterte unter mir, während ihr Tränen über die Wangen liefen. »Ich hasse dich«, sagte sie und ich wusste, dass sie es ernst meinte. »Und ich liebe dich. Ich hasse es, wie sehr ich dich liebe.« Sie krallte sich in mein Haar und zog daran. »Es tut weh, Xai. Alles tut so weh.«

»Weil du dich gegen unsere Bestimmung sträubst«, sagte ich zu ihr. »Du beraubst unsere Seelen ihres rechtmäßigen Bandes.«

»Weil du es gebrochen hast.«

»Das habe ich«, gab ich zu. »Und ich habe dir den Grund dafür erklärt. Du bist diejenige, die uns jetzt wehtut.«

Sie erschauderte und schloss die Augen. »Ich habe Angst.«

»Dass ich das Band wieder kappen könnte«, beendete ich ihre Aussage.

»Ja. Nein.« Sie schüttelte den Kopf. »Ich habe Angst davor, dich wieder in mein Herz zu lassen, nur um dann herauszufinden, dass nichts von all dem real ist, weil mir mein Verstand nur wieder einen Streich gespielt hat. Ich habe Angst, dass du wirklich gestorben bist und dass du, wenn ich mich dir wieder öffne, nicht mehr da bist.«

»Ich bin genau hier, Evangeline.«

»Ich weiß, und ich weiß, es ist lächerlich, aber du bist *gestorben*, Xai.«

»Nein, das bin ich nicht. Ich bin hier.«

Sie wimmerte und schüttelte den Kopf. »Mein Herz erträgt das nicht.«

»Meines auch nicht, Liebes. Lass mich wieder rein, lass mich dich lieben, ich werde es wieder in Ordnung bringen.«

»Das kannst du nicht.«

»Doch, das kann ich.« Ich gab ihr einen Kuss, in den ich all die Erinnerungen der Jahrtausende einfließen ließ, die wir miteinander geteilt hatten. Die Auseinandersetzungen, die Liebe, die heiße, ungezügelte Leidenschaft. Ich vermittelte ihr all das mit diesem Kuss und zwang sie, mich wieder in ihr Herz zu lassen und mir wieder zu vertrauen. Sie musste einfach verstehen, warum ich sie ausgeschlossen hatte, und sie musste wissen, wie tief und unverwüstlich meine Liebe zu ihr war.

Sie war mein Leben. Der Grund meiner Existenz. Meine Gefährtin.

»Ich liebe dich«, flüsterte ich. »Es tut mir leid, dass ich dich verletzt habe. Ich kann nicht versprechen, es nicht wieder zu tun, denn wir beide wissen, dass das unmöglich ist. Du willst mich jetzt und vielleicht auch in Zukunft dafür töten, aber ich würde es dir nicht übel nehmen,

Liebes. Ich werde für dich kämpfen. Ich werde für uns kämpfen. Und du musst ebenfalls für uns kämpfen.«

Ihre Atemzüge waren rau an meinen Lippen, ihre Wangen von Tränen befeuchtet und ihr Körper bebte. Ich küsste sie erneut, wobei ich diesmal etwas zärtlicher war, und wartete darauf, dass sie den Kuss erwiderte, während mit jeder verstreichenden Sekunde ein Teil von mir abstarb.

»Du willst mich bestrafen«, flüsterte ich schockiert, als sie keinerlei Reaktion zeigte. »Es tut mir leid, Evangeline. Ich habe gesagt, dass es mir leidtut. Bitte stoß mich nicht von dir. Ich brauche dich. Das habe ich immer und werde ich immer. Ich …«

Sie brachte mein Flehen mit einem Kuss zum Schweigen und ich sackte auf ihr zusammen. Sie zu verlieren würde mein Ende bedeuten. Das musste sie verstehen. Sie musste es einfach wissen.

Sie ließ ihre Zunge in meinen Mund gleiten und schürte mein Bedürfnis, sie zu besitzen. Ich musste den Anspruch auf meine Gefährtin von Neuem geltend machen. »Evangeline«, hauchte ich.

Sie küsste mich noch einmal und wurde immer fordernder. Sie ließ ihre Fingernägel über meine Arme und meinen Bauch bis zu meiner Taille wandern. Dann packte sie meinen Gürtel und begann, ihn aufzuschnallen. Sie ließ keinerlei Zweifel daran, was sie wollte. Ich überließ ihr die Führung und gestattete ihr, uns zu besitzen und uns von Neuem zu erschaffen.

Ich umschloss ihr Gesicht mit beiden Händen und hielt mich an ihr fest, weil ich sie *brauchte*. »Evangeline«, wiederholte ich und zischte, als sie meinem Schwanz zur Freiheit verhalf. »Ich liebe dich.«

Sie erwiderte nichts, sondern brachte mich noch einmal mit einem Kuss zum Schweigen, während sie sich ihrer Kleider entledigte. Sie streifte sowohl ihre als auch meine Hose ab und schlang ihre Beine um meine Taille. »Fick mich«, verlangte sie. »Hart, Xai. Ich brauche es hart.«

Ich presste meine Stirn an ihre und drang in sie ein. »Wenn das ein Abschied sein soll, werde ich das nicht zulassen«, sagte ich und stieß heftig zu. »Du kannst mich nicht für immer bestrafen, Evangeline. Nicht für etwas, von dem wir beide wissen, dass es gerechtfertigt war.«

Sie glitt mit den Fingernägeln über meine Taille und bäumte die Hüften auf. »Du bist *gestorben*, Xai.«

»Ich bin hier, Evangeline«, knurrte ich und bestätigte es ihr mit einem weiteren Stoß meiner Lenden. »Lass mich wieder in dein Herz und ich werde es dir beweisen.«

Sie erschauderte und ihr entfuhr ein Stöhnen. Ich spürte, wie ihr Widerstand nachließ, wie ihr Körper mich willkommen hieß und ihre Seele jauchzte, weil sie mir so nahe war.

»Du liebst mich«, flüsterte ich.

»Das tue ich«, stimmte sie zu. »Aber ich hasse dich auch.«

»Ich weiß.« Ich stieß noch schneller in sie hinein und fickte sie bis an den Rand der Besinnungslosigkeit, von der ich wusste, wie sehr sie sie liebte. »Das wird sich nie ändern.« Es war ein Teil dessen, was uns zusammenschweißte, diese feurige Leidenschaft, der Zorn, die Wut, die Spannung, die explosive Chemie und das dunkle Verständnis, das unseren Seelen zugrunde lag.

Sie stöhnte auf, als ich meine Hüften auf eine von ihr bevorzugte Weise bewegte, und spannte die Schenkel um meinen Körper an. »Ich kann dir nicht widerstehen«, flüsterte sie und schloss verzückt die Augen. »Das konnte ich noch nie.«

»Weil du es nicht willst«, erwiderte ich und presste die

Lippen auf ihren Hals über ihrer Pulsschlagader. *Lass zu, dass ich unser Band wiederbelebe, Liebes,* flüsterte ihr meine Seele zu, während ich die Zähne über ihre zarte Haut gleiten ließ.

»Ja«, zischte sie, wobei ich nicht wusste, ob sie meiner Aussage zustimmte, die ich laut ausgesprochen hatte, oder auf meine Bitte reagierte, die ich an ihrem Hals gedacht hatte.

Also küsste ich sie nur und bahnte mir einen Weg hinauf zu ihrem Ohr. »Lass mich wieder in dein Herz, Liebes. Lass zu, dass wir wieder eins werden.«

Ich stieß tief in sie hinein und entlockte ihrer Kehle einen wunderbaren Laut. Sie stimmte mir damit zwar nicht zu, aber sie hatte sicher nichts dagegen einzuwenden, wie ich sie nahm.

»Du kannst mich benutzen, so viel du willst, Evangeline, aber wir wissen beide, wer dieses Spiel gewinnen wird.« Ich verlangsamte demonstrativ meine Bewegungen und rieb mit dem Becken nur leicht über ihre Klitoris. »Gib nach, bevor ich dich betteln lasse, Liebes.«

Sie erschauderte unter mir. »Xai …«

»Evangeline«, entgegnete ich mit einem tiefen Knurren. »Lass mich nicht warten oder ich werde es dir heimzahlen.«

»Ich habe dir noch nicht verziehen.«

»Aber das wirst du.«

Sie seufzte und fuhr mit den Fingern durch mein Haar, dann zog sie meinen Kopf von ihrem Hals. Ihre blauen Augen leuchteten hell im Mondlicht, als sie mich mit ihrem Blick durchbohrte. »Das werde ich«, stimmte sie leise zu. »Aber wenn du mir das noch einmal antust, werde ich dich eigenhändig umbringen.«

Ich verzog die Lippen zu einem Lächeln. »Das hört sich fast wie ein Vorspiel an, Liebes.«

»Ich meine es ernst, Xai. Wenn du das noch einmal tust, bringe ich dich um.«

»Jetzt bringst du mich richtig in Fahrt«, neckte ich sie.

Sie bäumte die Hüften auf. »Schon geschehen, Arschloch. Und jetzt nimm mich ernst.«

»Ich nehme dich immer ernst.«

»Du lügst«, erwiderte sie mit einem finsteren Blick.

»Niemals«, flüsterte ich und gab ihr einen Kuss, mit dem ich ihr Stirnrunzeln vertreiben wollte. Ich drang tief in sie ein, zog meinen Schwanz heraus und ließ ihn dann wieder langsam in sie hineingleiten. Es war zwar nicht unser gewohnter Rhythmus, aber es fühlte sich richtig an, sie auf diese Weise zu verehren. »Falls es je wieder dazu kommen sollte, werde ich dich vorwarnen«, gelobte ich. Ich konnte nicht versprechen, es nie wieder zu tun, denn ich würde alles tun, um sie nicht in Gefahr zu bringen, und das musste sie verstehen.

Sie biss mir so fest in die Unterlippe, dass ich blutete, und leckte dann mit der Zunge über die Wunde. Die Berührung ließ mich erschaudern, denn sie bedeutete, dass Evangeline endlich einwilligte.

Ich erwiderte den Biss und saugte ihr Blut in meinen Mund.

Ein Schluck rief das Band ins Leben.

Der zweite verfestigte es.

Mein Herz setzte einen Schlag aus und meine Seele jauchzte dank der wiedererwachten Bindung. Mein Wesen war wieder vollständig. Evangelines Zittern verriet mir, dass sie es auch spürte, und sie küsste mich, um mir ihre Zustimmung kundzutun.

Ich erwiderte den Kuss und übernahm die Kontrolle, um den Prozess abzuschließen.

Sie ist mein.

Mein Geist verlangte, dass ich ganz und gar von ihr

Besitz ergriff, und ich erkannte an der Art ihrer Bewegungen, dass ihre Seele einwilligte.

»Xai«, keuchte sie. Mein Name hatte auf ihren Lippen nie schöner geklungen. »Sofort.«

Ich lachte leise und presste meine Lippen wieder an ihren Hals. »Du bist immer so ungeduldig«, murmelte ich und ließ meine Hand zwischen unsere Körper gleiten, um die empfindsame Stelle zu finden, die sich nach meiner Berührung sehnte. Ich ließ den Daumen leicht über ihre Klitoris gleiten und sie bäumte sich mit einem Stöhnen auf, bei dem sich meine Hoden zusammenzogen. »Ich liebe diesen Laut aus deinem Mund.«

Sie stöhnte noch einmal und stieß diesmal einen Fluch aus, auf den mein Name folgte.

»Mehr«, forderte ich, weil ich wollte, dass sie sich in unserer Leidenschaft verlor.

Ich entfesselte meine ganze Kraft und dominierte ihren Körper auf eine Art, die wir beide liebten. Sie akzeptierte alles, was ich ihr gab, und erwiderte meine Bewegungen mit gleicher Heftigkeit. Unsere Körper passten in jeder Hinsicht perfekt zueinander.

Ich streichelte noch einmal über ihre Klitoris, woraufhin sie sich um mich herum anspannte, während ihr Körper auf der ersten Welle der Ekstase erstarrte und ihrer Kehle ein Schrei entfuhr. Ich stieß immer schneller in sie hinein, bis auch ich zum Höhepunkt kam, wobei sich meine Muskeln anspannten und mein Herz ekstatisch pochte.

»Du bist mein«, knurrte sie und ich musste lächeln. Für gewöhnlich war das mein Spruch.

»Ich bin dein«, stimmte ich zu und presste meine Lippen auf die ihren. »Bis in alle Ewigkeit.«

KAPITEL 20

Wie viele Wesen muss man umbringen, um sich einen Urlaub zu verdienen?

Ich konnte meine Kleider nicht finden, aber immerhin hatte ich meine Flügel.

Meine Federn streiften die von Xai, als wir zu seinem Haus im Herzen der Stadt flogen.

Er schmunzelte. »Ich dachte, du bist immer noch wütend auf mich.«

»Bin ich auch.«

»Warum flirtest du dann mit mir, Liebes?«

»Weil ich dich auch wieder ficken will«, antwortete ich wahrheitsgemäß.

Er bedachte mich mit einem dunklen Blick, wobei ein Funkeln in seinen Augen aufflackerte. »Meine unersättliche Evangeline.«

»Ja, du hast es wirklich nicht leicht«, scherzte ich.

»Wahrlich«, stimmte er zu und lächelte. »Aber ich vermute, wir werden bei unserer Rückkehr Gesellschaft haben.«

Ich runzelte die Stirn. »Wen denn?«

»Meine Mutter«, murmelte er. »Ich kann dir zwar nicht sagen, woher ich das weiß, aber ich weiß es.«

Ich dachte darüber nach und meine Gedanken kehrten zu den Geschehnissen in Alastors Reich zurück. »Du hast den Himmel verdunkelt.«

»Das stimmt.« Er drehte sich im Kreis und ließ seine mitternachtsschwarzen Federn mit seinen Bewegungen tanzen. »Du hast mich inspiriert, Evangeline. Mir wurde klar, dass ich im Begriff war zu versagen, und das konnte ich nicht zulassen.« Er warf einen Blick über die Schulter. Sein dunkles Haar wehte im Luftstrom, den er mit seinen Flügeln aufgewirbelt hatte. »Macht dir meine neue Fähigkeit Angst?«

»Nein.« Das Einzige, was mir jemals Angst gemacht hatte, war der Gedanke, ihn zu verlieren. »Macht es dir Angst?«

»Ich habe die Dunkelheit immer bevorzugt, also nein«, murmelte er. »Es fühlte sich … richtig an.«

Wir landeten auf seinem Balkon und fassten uns sofort an den Händen, als er mich an sich zog und mit den Flügeln die meinen in einer himmlischen Umarmung umschloss. Ich glaubte, er würde mich küssen, bis er sagte: »Hallo Mutter.«

»Xai«, erwiderte sie aus dem Inneren des Hauses. »Du bist spät dran.«

»Evangeline hat mich abgelenkt.«

Ich kniff ihn in die Seite, woraufhin er leise lachte und seine Mutter missbilligend den Kopf schüttelte. »Du gibst deiner Gefährtin die Schuld für deine Eskapaden. Was für einen Sohn habe ich da nur aufgezogen?«

Einen rätselhaften, dachte ich mit einem Schnauben.

Xai kniff die Augen zusammen und ließ die Hände an meine Hüften wandern, um mich noch dichter an sich zu ziehen. »Das habe ich gehört.«

Ich zog eine Augenbraue in die Höhe. *Tatsächlich?*

»Ja«, antwortete er und liebkoste meine Nase. *Es scheint,*

als hätte sich unsere Bindung gefestigt, fügte er in Gedanken hinzu. *Sehr erfreulich.* »Wie kann ich mich verspäten, Mutter, wenn wir beide wissen, dass du meine Ankunft vorausgesehen hast?«

Ich konnte sie zwar nicht sehen, aber ich hörte, wie sie leise lachte. »Der Punkt geht an dich.« Darauf folgte das Rascheln ihrer Federn, das mir verriet, dass sie sich in Bewegung gesetzt hatte. »Ich bin gekommen, um mit dir über das Ungleichgewicht zu sprechen, denn ich bin sicher, du hast es auch gespürt.«

»Dariel hat behauptet, dafür wären die wieder geöffneten Portale verantwortlich.«

Sie schnaubte. »Dieser Trottel hat keine Ahnung. Ich werfe schon seit Jahrhunderten ein Auge auf ihn und seine Entscheidungen, wie auch auf all die anderen …«

»Weißt du, wer sonst noch daran beteiligt ist?«, unterbrach Xai sie.

»Natürlich. Ich sehe all ihre Schicksale, mein Kind, und bald wirst auch du sie sehen. Zumindest wirst du flüchtige Einblicke erhaschen. Dariels Untergang ist nur der Anfang. Andere werden seine frühere Stellung einnehmen und die Scherben aufsammeln. Deshalb bin ich hier.«

»Um über unsere Zukunft zu sprechen, statt ihre Identitäten preiszugeben, damit wir sie im Vorfeld unschädlich machen können.« Xai formulierte es als Feststellung statt als Frage.

»Das Schicksal wird mit oder ohne mein Zutun seinen Lauf nehmen, das werdet ihr eines Tages verstehen. Wenn ich den Weg des einen ändere, ändert sich der Weg der anderen, aber das Endergebnis wird dennoch eintreten. Also lasse ich es geschehen, während ich meine Schachfiguren entsprechend positioniere.«

»Deshalb hast du uns in die Hölle geschickt«, warf ich

ein, wobei ich mir nicht sicher war, wie ich es fand, als »Schachfigur« bezeichnet zu werden.

»Genau, und ihr beide habt die anderen entsprechend beeinflusst. Jetzt müssen wir abwarten, lernen und wachsen. Womit ich wieder bei dem Ungleichgewicht wäre. Sicherlich habt ihr inzwischen die Veränderungen gespürt, nicht wahr?«

»Es ist schwer, den mitternachtsschwarzen Himmel zu übersehen«, antwortete ich und sah Xai dabei direkt in die Augen. Er schmunzelte daraufhin, sagte jedoch nichts.

»Alles verändert sich, nicht nur in der Hölle, sondern auch im Himmel. Hast du dich jemals gefragt, warum du auf die Erde geschickt wurdest?«, fragte sie.

»Ich bin davon ausgegangen, dass du damit einen bestimmten Zweck verfolgt hast«, antwortete Xai. »Abgesehen davon, dass du meine Beziehung zu Evangeline zunichtegemacht hast, wolltest du mir wohl etwas über die Menschheit beibringen.«

»Eure Beziehung zueinander ist so stark, weil ihr so viel durchgemacht habt.« Als ich die Zuneigung in ihrer Stimme hörte, fiel es mir schwer, ihr zu verübeln, dass sie mit unserem Leben eine Schachpartie spielte. Nun, es war schwer, aber nicht unmöglich. »Und ja, die Menschheit, Xai. Du hast diese Erfahrung mehr als jeder andere gebraucht, denn nur so konntest du zu dem werden, der du heute bist.«

Schließlich wandte er sich von mir ab und ließ den Blick über meine Schulter zu der Frau hinter mir wandern. »Und wer bin ich heute?«

»Kannst du es denn nicht verstehen? Das Chaos bevorzugt die Nacht, während das Schicksal im Licht gedeiht, doch du verkörperst das Grau und vereinst beide Eigenschaften, mein Kind.«

Xai blinzelte. »Du sprichst in Rätseln.«

Sie stampfte mit dem Fuß auf. »Das tue ich nicht. Es ergibt alles einen Sinn. Wer bist du?«

»Der Sohn des Chaos.«

»Nicht mehr«, antwortete sie. »Wer bist du, Xai? Blicke tief in dich hinein und denke über meine Worte nach. Du bist nicht mehr nur der Sohn eines Erzengels, sondern du bist selbst ein Erzengel. Und du bist dazu bestimmt, mit Evangeline an deiner Seite ein Anführer zu sein.«

Ich legte den Kopf an seine Brust und presste mein Ohr an sein Herz. *Bis in alle Ewigkeit.*

Ich wusste, dass du nicht mehr böse auf mich bist.

Oh, das bin ich, aber du wirst es wiedergutmachen, nachdem diese rätselhafte Unterhaltung beendet ist.

Er ließ eine Hand an mein Kreuz wandern, wobei seine Flügel die meinen auf fast beruhigende Weise streiften. *Du liebst mich.*

Das tue ich, stimmte ich leise zu. *Selbst wenn ich dich umbringen möchte.*

»Hört auf, miteinander zu flirten, und denkt nach«, warf meine Mutter tadelnd ein. »Die Antwort liegt direkt vor eurer Nase und ist zum Greifen nah. Warum hat Evangeline das Schattenreich überlebt? Sie war viel länger dort, als euch beiden klar ist. Warum war sie in der Lage, sich in der Unterwelt Flügel wachsen zu lassen?«

Xai betrachtete mich einen Moment lang, bevor er sagte: »Wegen unserer sich vertiefenden Bindung. Sie hat sich meine Dunkelheit und mein Chaos geliehen und konnte somit in einer Welt gedeihen, in der sie sonst erstickt wäre.«

»Ja, und jetzt geh noch tiefer«, ermutigte sie ihn mit aufgeregter Stimme. »Wer bist du, mein Sohn?«

Eine uralte Energie blitzte in seinen mitternachtsschwarzen Augen auf und ließ die Haare auf meinen Armen zu Berge stehen. Eine elektrisierende

Spannung vibrierte über seine Haut, als sein Potenzial an die Oberfläche stieg. »Du willst, dass ich im Himmel bleibe.« Er sprach die Worte mit einer Endgültigkeit aus, als würde er den Weg schon deutlich vor sich sehen.

»Es ist der Wille des Schicksals, ja.«

»Denn das ist erst der Anfang«, fügte er hinzu und erinnerte mich an die warnenden Worte, die Lucía an Alastor gerichtet hatte. »Die Ältesten sind nicht mehr stark genug, um das Gleichgewicht aufrechtzuerhalten. Das ist die Bewegung, die ich vorhin gespürt habe. Es war nicht das Unheil, das über den Himmel hereinbricht, sondern die Macht, die auf andere übergeht – auf mich.«

»Ja«, erwiderte sie mit erwartungsvollem Unterton. »Sag es mir, Xai.«

Er sah mich an und die uralte Energie wich aus seinen Augen. »Ich bin der Erzengel der Schatten und Evangeline ist meine Gemahlin der Schatten.«

Ähm …

»Und damit ist meine Arbeit hier getan«, bemerkte seine Mutter erleichtert. »Habt einen schönen Abend. Ich bin sicher, wir werden uns morgen früh noch weiter unterhalten.«

Das Rascheln ihrer Flügel verblüffte mich mehr als Xais Worte. Hatte sie gerade eine Bombe platzen lassen und war dann … einfach verschwunden?

Hier habt ihr eine grobe Zusammenfassung eures Schicksals. Viel Spaß damit! Oh, und außerdem tragt ihr jetzt andere Titel. Ich hoffe, sie gefallen euch. Bis dann.

»Das ist typisch für meine Mutter«, murmelte Xai und klang nicht annähernd so beunruhigt, wie ich mich fühlte.

»Gemahlin der Schatten?«, wiederholte ich. »Und hat deine Mutter uns nicht gerade mitgeteilt, dass das Schicksal der Welt in unseren Händen liegt, und uns viel Glück dabei gewünscht?«

Er nickte. »So habe ich es aufgefasst, ja.« Er streichelte mir mit einer Hand über den Rücken. »Dein neuer Titel gefällt mir ausgesprochen gut, Gemahlin.«

Ich schnaubte. »Sicher, Erzengel.«

»Das gefällt mir auch.«

»Gewöhn dich nicht daran.«

»Oh, aber ich denke, das werde ich.« Er liebkoste meine Nase mit einem unausstehlich charmanten Grinsen. »Einen Moment lang hatte ich befürchtet, meine Mutter könnte mich zum Höllenfürsten ernennen.«

»Nein, scheinbar bist du nur der König des Schattenreiches.«

Er runzelte die Stirn und dachte darüber nach. »Ich nehme an, das ergibt Sinn und erklärt, warum ich alle Reiche der Hölle sehen kann. Ich habe immer angenommen, dass es mit meinem chaotischen Geburtsrecht zusammenhängt, aber es hat wohl auch etwas mit dem Schicksal zu tun.«

»›*Du verkörperst das Grau und vereinst beide Eigenschaften*‹«, wiederholte ich die kryptischen Worte seiner Mutter. »Hm. Manchmal ergeben ihre Worte doch einen Sinn.«

Er hob mich in seine Arme und ich schlang die Beine um seine Taille. »Sie hat schon immer die Fäden in der Hand gehabt, deshalb haben wir uns auch für eine Weile auf der Erde aufgehalten. Dadurch hat sie uns auf unsere Rollen hier vorbereitet, aber die Beförderung hat auch Vorteile.«

Er trug mich über die Schwelle und mir wurde klar, dass wir das Schlafzimmer ansteuerten. »Hat es etwas mit Sex zu tun?«, fragte ich, da ich wusste, dass er nur an das Eine dachte.

»Auf jeden Fall«, murmelte er und strich mit den Lippen über meinen Mund. »Und zwar mit Flügeln,

Evangeline. Denn wenn wir hierbleiben, können wir unsere Federn behalten.«

Mein Herz machte einen Satz und ich wurde von einem Hochgefühl durchströmt. Ich hatte das Fliegen mehr als alles andere in meinem Leben vermisst und ich wusste, dass es Xai ebenso ergangen war. »Aber was ist mit den Auferstandenen aus der Dunkelheit und unserer Verantwortung auf der Erde?«

»Ich habe das Gefühl, dass von uns erwartet wird, beide Aufgaben zu erfüllen«, antwortete er und bettete mich auf die Matratze. Dann legte er sich auf mich. »Aber wir werden den Himmel viel öfter besuchen können.« Er stützte sich mit den Ellbogen auf beiden Seiten meines Kopfes ab und bedachte mich mit einem ernsten Blick. »Wir könnten ablehnen, Liebes. Ich habe zwar keine Ahnung, was geschehen wird, wenn wir es tun, aber es ist einer der möglichen Pfade.«

»Du meinst, wir könnten allem den Rücken kehren und zusammen weglaufen?«, flüsterte ich. »Um uns tatsächlich zur Ruhe zu setzen?«

»Ja«, antwortete er ebenso leise. »Wir könnten gehen, wohin du willst, uns vor allem und jedem verstecken und nur zusammen sein. Nur wir beide.«

»Es ist verlockend«, gab ich zu.

»Ja.«

»Und falsch«, fügte ich hinzu.

»Ja«, wiederholte er.

Ich seufzte. Dieser ganze Mist mit dem Schicksal war mir zuwider. »Warum können die Dämonen und Engel nicht einfach nett zueinander sein und Freundschaft schließen?«

»Weil das langweilig wäre.«

Damit hatte er allerdings recht. Ich strich mit der

Hand über seine Federn und genoss das seidige Gefühl. »In diesem Zustand gefällst du mir besonders gut.«

»Du meinst nackt?«

»Und mit Flügeln.« Ich lächelte und strich über seine Muskeln. »Wenn wir hierbleiben, könnten wir uns dann zusammen ein Haus außerhalb der Stadt suchen? Eines, in dem deine Mutter nicht einfach unangemeldet vorbeikommt, wenn ich nackt bin?« Die Sorge war berechtigt, denn es war bereits zweimal vorgekommen.

»Du meinst eine Bleibe wie unser Haus in den Bergen?«

Ich nickte. »Mit einem Waffenarsenal und einem Trainingsraum.«

Ein belustigter Ausdruck huschte über sein Gesicht. »Das Vorspiel ist eine meiner Lieblingsbeschäftigungen.«

»Ich weiß.« Ich tat es ihm gleich und verzog ebenfalls die Lippen zu einem Lächeln. »Ich brauche einen Raum für meine Messer.«

»Jetzt versuchst du nur, mich zu verführen«, murmelte er.

Ich gab mich betont unschuldig. »Es ist eine faire Bitte. Ich brauche einen Ort, an dem ich trainieren und meine Techniken perfektionieren kann.«

Er stöhnte und presste die Lippen auf meinen Hals. »Evangeline«, knurrte er.

»Was ist? Du weißt doch, wie gern ich meine Würfe übe.«

Er biss mir in den Hals über meiner Schlagader, und zwar so fest, dass ich mich ihm entgegenwölbte. Ich war mehr als bereit für ihn und seine Art von Liebe.

»Heißt das, du bist einverstanden?«, flüsterte ich. »Werden wir uns eine eigene Bleibe suchen?« Sein Haus war zwar schön, aber ich würde es vorziehen, einen Ort zu haben, den wir *unser Eigen* nennen konnten. Zuvor war es nie nötig gewesen, da wir die ganze Zeit über auf der Erde gelebt hatten.

Er verschlang meinen Mund mit einem leidenschaftlichen Kuss, der mich von innen heraus verbrannte. Er fickte mich mit seiner Zunge genau so, wie er es mit seinem Körper tat, und ich liebte es. So dominant. So heiß. So *mein*.

»Ja«, sagte er mit rauer Stimme, als er von meinen Lippen Besitz ergriff. »Ja zu allem, Evangeline.«

»Bis in alle Ewigkeit?«

»Bis in alle Ewigkeit.«

Ein Gelübde.

Eine Zukunft.

Eine Liebe, die die ganze Welt und noch mehr wert war.

»Ich liebe dich, Erzengel der Schatten.«

»Ich liebe dich auch, Gemahlin der Schatten.«

***Die Geschichte geht weiter mit Gefangene der Hölle* (demnächst erhältlich)**...

USA Today Bestsellerautorin Lexi C. Foss ist eine Schriftstellerin, verloren in der Welt der Computer. Sie lebt mit ihrem Mann und ihren pelzigen Freunden in North Carolina. Wenn sie nicht gerade schreibt, ist sie mit Sicherheit auf Reisen. Viele der Orte, die sie schon besucht hat, lassen sich in ihren Büchern wiederfinden, einschließlich der mystischen Welt von Hydria, die auf der griechischen Insel Hydra basiert.

Lexi ist ein bisschen verschroben, trinkt viel zu viel Kaffee und schwimmt gern. Tschüss!

Würden Sie gern über Neuerscheinungen informiert werden? Dann tragen Sie sich für ihren Newsletter ein: https://www.lexicfoss.com/deutschen-newsletter

Besuchen Sie Lexi im Netz!
https://www.lexicfoss.com/aktuell

E-Mail: lexicfoss@gmail.com

Bücher von Lexi C. Foss

Akademie der Mitternachtsfeen:

Buch Eins

Buch Zwei

Buch Drei

Buch Vier

Ellas Mitternachtsmärchen

Auferstanden aus der Dunkelheit:

Die Tochter und der Tod (Buch 1)

Die Geliebte und die Sünde (Buch 2)

Die Erbin von Bael (Buch 2.5)

Die Prinzessin von Bael (Buch 3)

Der Sohn und das Chaos (Buch 4)

Gefangene der Hölle (Buch 5)

Die Blutallianz:

Chastely Bitten – Keuscher Biss (Buch 1)

Royally Bitten – Königlicher Biss (Buch 2)

Regally Bitten – Majestätischer Biss (Buch 3)

Rebel Bitten – Rebellischer Biss (Buch 4)

Kingly Bitten - Royaler Biss (Buch 5)

Cruelly Bitten - Grausamer Biss (Buch 6)

Eternally Bitten - Ewiger Biss (Buch 7)

Eigenständige Die Blutallianz:

Crave Me - Verlangen des Schicksals

Blood Day - Bluttag

Das Noir Reformatorium:

Das Noir Reformatorium: Die Ankunft (Buch 1)

Das Noir Reformatorium: Erster Verstoß (Buch 2)

Das Noir Reformatorium: Zweiter Verstoß (Buch 3)

Das Noir Reformatorium: Dritter Verstoß (Buch 4)

Das Noir Reformatorium: Vierter Verstoß (Buch 5) **(demnächst erhältlich)**

Die Wölfe des V-Clans

Blutsektor

Nachtsektor

Sektor der Finsternis

Kodiak-Sektor

Die Wölfe des X-Clans

Der Ursprung

Andorra Sektor

Das Experiment

Pfeil des Winters

Bariloche Sektor

Königin der Elemente:

Buch Eins

Buch Zwei

Buch Drei

Königin der Elementefeen: Die nächste Generation

Eigenständige Fee-Romane

Königin der Winterfeen

Feen des Jenseits

Verlorene Omega (Nacht der Monster)

Braut des Todes

Unsterblich verflucht:

Blood Laws – Blutgesetze (Buch 1)

Forbidden Bonds – Unsterblich entfesselt (Buch 2)

Blood Heart – Blutige Unschuld (Buch 3)

Blood Bonds – Unsterblich geboren (Buch 4)

Angel Bonds – Himmlische Bande (Buch 5)

Blood Seeker – Die Fährte des Blutes (Buch 6)

Blood Burden – Himmlische Bürde (Buch 7)

Wicked Bonds - Himmlisch verrucht (Buch 8)

Blood King - Herrscher des Blutes (Buch 9)

Unterweltfeen

Gefangene der Unterweltfeen

Wärter der Unterweltfeen

Kommandant der Unterweltfeen

Prinz der Unterweltfeen

König der Unterweltfeen

Eigenständiger dunkler Liebesroman

Insel der dunkelsten Begierden

Mit der Wahrheit spielt man nicht

Scarlet Mark: Killians Versuchung

Eigenständiger paranormaler Liebesroman

Rotanev – Eine Poseidon-Erzählung

Carnage Island: Wolfsklauen und verbotene Bisse

Beanspruche mich

Violet – Dynastie der Vampire

www.ingramcontent.com/pod-product-compliance
Lightning Source LLC
LaVergne TN
LVHW091048080826
845145LV00002B/663

9781685300272